W0404673

LESEEXEMPLAR

AUTOR:
Berndt Schulz

UMSCHLAGGESTALTUNG:
matrix-buchkonzepte maren orlowski, Hamburg

TITELBILD:
Bildcollage Copyright © 2020
by matrix-buchkonzepte maren orlowski, Hamburg

SATZ:
Gerhard Mohler

VERLAG:
edition federleicht Frankfurt am Main
www.edition-federleicht.de

1. Auflage 2020

© edition federleicht

ISBN 978-3-946112-60-0

BERNDT SCHULZ

Der Gott des Glücks

Eine Liebesgeschichte

edition federleicht

SIE

„Sie ist niemand,
die sich damit zufrieden gibt,
in diesen Verhältnissen zu
verschwinden. Überhaupt ein
Wunder, dass sie noch da ist.
Denn sie kommt nicht zur Ruhe.
In ihr pulst etwas.
Sie ist immer auf Achse."

ER

„Was bringt jemand wie er
in eine Liebesbeziehung ein?
Wie kann es ihm gelingen,
den Aufruhr und den Lärm
in sich, die Sehnsucht, die Wut,
den Schrecken und die Selbstsucht
zu bändigen und in Zärtlichkeit
zu verwandeln?"

I.

Er steht auf der Straße, vor seinem Hauseingang. Die Straße ist weitgehend verkehrsfrei. Keine Autos, kaum andere Fahrzeuge. Nur hin und wieder verlässt ein singender, rotbrauner Kastenwagen die Brotfabrik zur Linken nebenan. Er schaut geradeaus. Dort drüben ist der Eingang zum Hof des Kohlenhändlers, wo sich glatte, glänzende Briketts türmen, dahinter ausgetretenes Pflaster und flache Nebengebäude, in denen gestaltlose und gesichtslose Leute wohnen. Er schaut nach rechts. Halbintakte Wohnsilos mit abblätternden Fassaden, in denen seine Freunde wohnen, die er manchmal besucht. Die Besuche ähneln jedes Mal Gängen ins Unbekannte. Denn die Häuser, in denen seine Kumpels wohnen, sind eben nur halbintakt. Man gerät plötzlich an Stellen, die provisorisch sind, zusammen gehaltene Treppen, wacklige Geländer, hier und da kam Putz von der Decke, Hinterhöfe, in denen die Brandmauern fehlen, Durchblicke auf das restliche Treppenhaus mit seinem Stufenverlauf bis in höchste Höhen und auf angrenzende Treppenhäuser. Von einem der mittleren Geschosse aus, bevor er in eine Wohnung tritt, in der Ferne die Front eines Kinos. Später sieht er solche surrealen Perspektiven auf den Bildern von Piranesi wieder.

Er steht weiter vor seinem Hauseingang und schaut nach links. An der gegenüber liegenden Straßenecke ist alles so entsetzlich leer, als gäbe es kein Leben im Berliner Wedding. Nichts geschieht. Aber selbst diese Feststellung enthält viel zuviel Bewegung. Es ist eigentlich überhaupt nichts da.

Dort kommt das Mädchen.

Bis hierhin war die Straßenecke, die sie gerade passiert, unerträglich banal, eine Ecke im Wedding, an der zu allen Seiten baufällige Häuser mit Kriegswunden stehen. Von dort war nichts zu erwarten als das Versickern von Zeit, Sinn und Lebendigkeit. Jetzt biegt sie um die Straßenecke. Sie trägt eine braune Jacke, eine weiße Bluse, um den Hals eine Kette mit einem Amulett, enge Nietenhosen mit Aufschlägen, halbhohe Schuhe. Sie kostet ihren Gang aus. Sie winkt schon von weitem und lächelt zunehmend, je näher sie kommt.

Dann steht sie vor ihm.

Ihre Gestalt ist schlank und sportlich. Ihr Gesicht fein und irgendwie exotisch. Große, grüne Augen in Mandelform, hübsch auseinander stehend. Eine schmale Nase. Ein frecher Mund. Kurze, dunkle und wilde Haare.

Sie sagt: „Da bin ich!“

Und er erwidert: „Ich habe schon nicht mehr daran geglaubt."

Sie sagt: „Ich musste erst Klarheit schaffen."

Und er erwidert: „Und? Ist jetzt alles klar?"

Sie sagt: „Du hast gewonnen."

Seine Augen brennen vom langen Starren. Denn er hat wirklich lange auf sie gewartet. Natürlich an diesem Tag, schon seit Stunden, die er vor der Haustür verbringt. Und eigentlich schon immer, siebzehn Jahre lang.

Jetzt, wo sie gekommen ist, verändert sich natürlich das ganze Viertel. Vor ihm liegt nicht nur eine fast leere Straße mit alltäglichen, belanglosen Begebenheiten und in sich versunkenen Passanten, hinter ihm nicht ein dunkles, kaltes Haus mit einer Wohnung im 1. Stock, in der er seine Zeit absitzt. Plötzlich ist Sinn da. Alles Zufällige, Nebensächliche, Ereignislose verschwindet. Ein neues Leben beginnt, es gibt plötzlich ein Gegenüber. Jemand hat ihn gesehen und seitdem im Gedächtnis, sie hat es ganz allein auf ihn abgesehen. Für sie ist er das Gegenüber, auf das es jetzt ankommt.

Sie umarmen sich. Und sie küssen sich lange. Vor der Haustür, durch die sonst nur übel gelaunte Gestalten schleichen, die sich ab sieben Uhr abends besaufen. Und auch jetzt kommt schon einer und sagt, he, Langer, mach mal Platz! Und er geht ohne Widerspruch einen halben Schritt zur Seite. Und sie zieht ihn mit sich.

Ja, er hat gewonnen. Er ist Siebzehn und sie ist Fünfzehn. Und sie sind in einem Berliner Nachkriegs-Bezirk. Er hat also nicht in einem populären Tippspiel gewonnen, eine Erbschaft gemacht oder das Abitur bestanden, sondern der Sieg fand auf einer anderen Ebene statt. Er war der Sieger bei einem Kickerspiel in einer Spielhalle mit abschließendem Sonntagsbesäufnis. Solche Ritualsiege müssen hier reichen. Er hat seinen schärfsten Konkurrenten geschlagen. Den Typen, mit dem sie bis jetzt gegangen ist. Er hat ihn mit einem Tor Unterschied geschlagen, mit einem Hammer aus der Verteidigerposition heraus, der seinen Torwart nach hinten wegknicken ließ. Aus dem Weg geräumt hat er ihn damit, für alle Zeit.

Und jetzt gehört sie ihm.

Es wird die erste große Liebe seines Lebens sein. Und sie wird fünf lange Jahre halten. Das reine, ungetrübte Glück. Sie werden ein Kind haben. Und turbulente Verhältnisse. Dann werden die Katastrophen sich häufen, es wird diesen Vorfall geben, der ihr Vertrauen füreinander zerstört und alles wird zusammenstürzen.

Aber der Reihe nach.

Sie gehen in die Eckkneipe schräg

gegenüber. Es gibt mehrere Kneipen in seiner Straße. Diese besitzt ein Hinterzimmer mit Billard und Sofas. Sie bestellen Bier, rücken zusammen und fassen sich an. Irgendwann kommt der Wirt und ermahnt sie, auseinanderzurücken. Neue Gäste kündigen sich an, man hört sie schon. Also verschwinden sie lieber.

Sie wohnt zwei Straßen weiter mit ihrer Mutter zusammen in einer Ein-Zimmer-Wohnung im Hinterhaus. Aber sie ist keine Erscheinung, die hierher passt. Sie ist niemand, die sich damit zufrieden gibt, in diesen Verhältnissen zu verschwinden. Überhaupt ein Wunder, dass sie noch da ist. Denn sie kommt nicht zur Ruhe. In ihr pulst etwas. Sie ist immer auf Achse.

Sie hat ein freches Maul. Und sie ist kreativ. Gerade soeben hat sie die Schule verlassen und eine Lehrstelle bezogen. Und zwar beim feinsten Mode-Label Westberlins. Bei Horn am Kurfürstendamm. Das erzählt sie ihm, während sie durch ihr Viertel gehen.

Alles, was sie ihm von diesem Moment an erzählte, war neu für ihn. Es war wie die Wahrheit, ein echtes Leben. Sie selbst hatte es staunend erlebt, aber noch nicht viel daraus gemacht. Sie wartete noch auf den entscheidenden Moment. Er nimmt es auf wie etwas, das man ihr sowieso ansieht. Er spürt ihre Kraft, sie kann alles erreichen, er würde ihr dabei helfen, es war seine Chance und ihre. Solche Momente kommen nur einmal im Leben. Es war wie ein Glücksspiel, und das Leben begann damit, den Gewinn auszuschütten. Sie erzählte weiter von sich und er genoss das alles, als wäre es ihm passiert. Es hatte zu nieseln begonnen, sie merkten es kaum.

Was war geschehen? Es konnte doch nicht sein, dass sie auf ihn gewartet hatte? Dass sie ihn die ganze Zeit über beobachtet hatte? Und er sie.

Sie gehen weiter an den Häusern mit den abbröckelnden Fassaden vorbei, an den Kahlschlägen, an den Lagerplätzen, an den Kindern, die ihnen nachstarren. Wohin sollen sie? Sie wissen es noch nicht. Sie weiß aber, dass sie Herrenschneiderin werden will. Das dauert drei Jahre. Und Mannequin. Aber das ist sie irgendwie schon jetzt. Sie spaziert vor ihm her. Schau doch, sagt sie und lässt ihren Rock wippen.

Und ausgerechnet ihn hat sie auserkoren? Wer ist er? Er weiß nicht, wer er ist, in ihm herrscht Dunkelheit.

Na schön, sagt er sich! Dann sehen wir mal!

II.

Wann hat er diesen Gedanken zum ersten Mal gedacht, diesem

Gefühl zum ersten Mal nachgespürt: Wer sind wir? Warum sind wir? Woher kommen wir? Und was macht dieses Leben mit uns, bevor es uns in die ersten Prüfungen von Glück und Leid entlässt?

Es sind umwälzende Momente. Ein unsichtbarer Gott hat sie für das große Glück ausgewählt. Aber er hatte vergessen, sie darauf vorzubereiten.

Und deshalb fängt es ganz einfach an. Wie auch in diesem Fall, der von Anfang an erzählt werden soll ...

... Tiefe, ruhige Geräusche. Und Stimmen. Ein Gesang draußen. Es ist das Lied von Capri, wenn dort am Abend die rote Sonne im Meer versinkt. Er hält den Atem an und lauscht.

Er hält nicht zum ersten Mal den Atem an, er tut es oft, vorher und immer wieder bis heute. Damals war in den märkischen Wintern die Luft so scharf und kalt, dass er sich kaum traute zu atmen. Er keuchte eher. Es muss auf die anderen so gewirkt haben, als sei der Junge erschreckt über etwas. Beispielsweise über die dicht fliegenden Scharen von Krähen und Raben, riesige, schwarze Schwärme. Oder über die noch gefährlicheren Vögel, die mit infernalischem Lärm über ihn hinwegflogen, um ein paar Kilometer weiter ihre tödliche Fracht auszuklinken, Brandbomben, Splitterbomben, Phosphorbomben. Manchmal luden sie das Unheil auch da ab, wo sie waren. Und im Kopf des Zweijährigen, der er in diesen Momenten damals war, setzte sich fest: beim allerersten Geräusch von Flugzeugen den Atem anhalten, lauschen, woher sie kommen und wie weit entfernt sie noch sind und rennen, rennen, rennen, denn Lärm bedeutet Todesgefahr. Rechtzeitig im Keller sein. Die Türen verrammeln. Manchmal wurde der Luftdruck so stark, dass es einem die Lungen zerreißen konnte. Das passierte einem Gleichaltrigen, der neben ihm saß. Also Ohren zuhalten, Atem anhalten, Mund sperrangelweit öffnen. Hoffen auf das Abklingen des gewalttätigen Getöses, und darauf, dass sich darin nicht ein neuer, gemeiner Lärm aufbaute.

Er liegt im Dunkel und lauscht.

Die Stimmen im benachbarten Wohnzimmer, durch dessen angelehnte Tür ein Lichtstreifen dringt, klingen beruhigend. Ein Singsang, aus dem von Zeit zu Zeit jemand inbrünstig ausbricht, seine Stimme anhebt und laut wird, ein Solist, dem noch ein bisschen mehr Lebenssehnsucht in die Kehle gefahren ist.

Er hat gehört, dass man noch kurze Zeit davor, um die Zeit seiner Geburt herum, andere Lieder singen musste. Sie hatten eher einem Brüllen geähnelt. Und wer nicht mitmachte, dem fuhr das Gebrüll der Tonangeber in die Melodie. Aber was geht es ihn an, sagt er sich. Jetzt, wenn das Lied von Capri gesungen wird, ist er fünf, also erwachsen, die Gefahr ist vorbei, auch wenn im Ort hin und wieder, scheinbar ohne Grund, ein Haus anfängt zu brennen. Es ist wieder Mai, die Hitze steht schon und draußen an den Nebenarmen der Havel tanzen bereits die Mückenschwärme. Und das Floß, das sie aus morschen Brettern bauen, sinkt nicht, es überquert die zwölf Meter des Havelkanals zwischen Rohrdickicht drüben und Rohrdickicht hier, und die Enten schauen ihnen zu wie ein Opernpublikum.

Seine Erinnerungen an die unmittelbare Zeit nach dem Krieg sind friedliche Erinnerungen in Farbe. Grüner Havelkanal, braune Rohrköpfe, knallroter Mohn, gelbe Karotten und Kürbisse im hinteren Garten. Und er steht auf der Eingangstreppe des Hauses, das seiner verstorbenen Großmutter gehörte. Er schaut auf den Boden, blond und gescheitelt, dünne Beine, Sandalen an den Füßen, eine kurze Hose, ein helles Hemd. Erst wenn niemand etwas von ihm will, blickt er auf.

Die allerersten Erinnerungen sind aber schwarzweiße Erinnerungen.

Ein seltsamer weißer Himmel,

schwarze Löcher von Vögeln darin, schwarzbraune Kiefern, schlammige Wege. Nach einem Sonntagsspaziergang über die schwarzen Felder in der Ferne Stacheldraht. Ein menschlicher Körper hängt darin. „KZ-Häftlinge wollen immer weg“, sagte seine Mutter, „aber das lassen sie nicht zu.“ Er erinnert sich, dass er beim Anblick des Toten im Stacheldraht, umgeben von dunklen, konturlosen Gestalten an den Bildrändern und unterlegt vom heiseren Bellen großer, unsichtbarer Hunde, nicht mehr zu atmen wagte.

Sein Vater? Im Krieg. Seine Mutter? Arbeitete bei der russischen Siegermacht im Kartoffelkeller. Als

Lohn brachte sie Kartoffeln nach Hause, die meistens erfroren waren, nur die Schalen konnte man essen. Aber sie besaßen auch nach dem Waschen einen Geschmack nach verfaulter Erde, den er nie vergaß.

Seltsam, wie man als Kind vorurteilslos alles hinnimmt: Menschen, Dinge, Ereignisse. Sie sind einfach da. Als Teil des Lebens. Wie das Wetter. Man hinterfragt sie nicht. Aber später hielt er vieles für undurchsichtig, für Verhältnisse, die er nicht erklären konnte. Er hat wenig gefragt damals. Auch nicht seine beiden älteren Schwestern. Er war gefangen in einem ganz solitären Gefühl ausbrechen zu müssen, weiter, immer nur weiter, dorthin, wo es freier und heller wird, wo der Sturm abklingt.

Kurz vor Kriegsende versuchte seine Mutter mit ihren drei Kindern, an die Ostsee zu flüchten. Von Oranienburg nach Wismar. Von dort wollte sie zu Verwandten ihres Mannes nach Dänemark. Auf dem Weg nach Wismar lagen sie oft im Graben. Feindliche Flugzeuge fraßen sich dicht über die vier Menschen die Straßen entlang und schossen auf alles, was sich bewegte mit Bordmaschinengewehren. Diese Schatten sieht er noch heute. Die Wahrnehmung der Landschaft ist unter diesen Umständen sehr eigenartig, unwirklich. Der Himmel sehr tief, die Straße nackt und bedrohlich, die Gräben eine trügerische Zuflucht. Sie kamen an Toten vorbei, auch an schon verwesenden Toten.

Im Hafen von Wismar wollten sie ein Flüchtlingsschiff besteigen, aber Matrosen zogen den Landungssteg ein und schlugen ihnen die Eingangsluke vor der Nase zu. Deck und Unterdeck waren schon überfüllt. Sie mussten umkehren und schlugen sich wieder nach Sachsenhausen, in ihre Siedlung Friedental durch. Wieder diese Straßen, diese Landschaft, diese Attacken aus der Luft.

Das überfüllte Schiff wurde dann auf hoher See von den Torpedos eines feindlichen U-Bootes versenkt. Fünfhundert Flüchtende ertranken. Er stellte sich die Szene in den überfüllten Laderäumen unter Deck lebhaft vor. Als die Familie in Friedental ankam, hielten sich fremde Leute in ihrem Haus auf. Einquartierte Flüchtlinge von irgendwoher. Sie wohnten eine Zeitlang mit ihnen zusammen, dann verschwanden sie wieder.

Er erinnerte sich lebhaft an die Stimmungen, die über der Kreisstadt lagen, sie wehten wie Vogelschwärme in jedem Wind dahin, bedrohlich, jederzeit bereit, herunterzustürzen wie Raubvögel.

Wenn sie, von irgendwoher kommend, den Fußmarsch vom Bahnhof nach Hause antreten mussten, das waren drei Kilometer, durchquerten sie die zerstörte Stadt. Hin und wieder ging eine Fliegerbombe hoch. Sie kamen am Schloss vorbei, ein düsterer Ort, in dem sich in den Zeiten der Nazidiktatur die SS an der Organisierung der KZ-Schrecken begeistert hatte. Sie mussten an einer angeschwärzten Kirche mit durchlöchertem Turm vorbei, eine geradezu surrealistische Erscheinung, die ihm später immer wieder im Traum erschien. Sie überquerten die erst halb, dann fast völlig zerstörte Brücke über den Hauptarm der Havel – rechts und links der Fußbohlen konnten sie in den Abgrund blicken –, passierten das Wehr des Kanals und erreichten nach einem weiteren Kilometer am Flussufer entlang endlich ihre kleine Siedlung und ihr kleines Haus. Man konnte es schon von weitem sehen, ein winkendes und friedliches Anwesen mit grünem Garten, überwölbt von einem hellen Himmel, flankiert von freundlichen Vogelschwärmen. Erst dort atmete er auf.

Er sieht sich als badenden Jungen zusammen mit anderen badenden Jungen. Sie überqueren den Havelkanal und stehen am mit Schilf bewachsenen Ufer, bibbernd in der frühabendlichen Kühle. Seltsamerweise sieht er nicht sein Haus, in dessen Eingang seine Mutter steht und nach ihm ruft, sondern er selbst blickt vom Haus hinüber zum Wasser, wo er gerade aus dem Wasser steigt. Oder das Paddelboot an Land zieht, oder zum Haus hinüber sieht.

Als sie umzogen, was für ihn einfach nur hieß, die Ufer der Havel und ihrer Nebenarme zu verlassen, schien die Sonne.

Sie hatten alles auf einem Lastwagen mit offener Ladefläche verstaut. Als der Fahrer schon den Motor startete, fiel ihm seine Puppe ein.

„Die Puppe! Die Puppe!"

„Na denn hol sie mal, aber beeil dich, sonst fahren wir ohne dich!" Er rannte ins Haus. Es war natürlich leer. Ein eigentümlicher Anblick. Als hätte hier nie jemand gewohnt. Oder als hingen die ehemaligen Bewohner an den Zimmerdecken und blickten misstrauisch auf ihn herab. Er duckte sich und schlich durch die Räume, die Treppe hoch. Da saß die Puppe an der Wand. Sie sah größer und vorwurfsvoller aus, als er sie in Erinnerung hatte. Er griff sie schnell und rannte hinunter. Der Wagen fuhr schon dröhnend und mit einer schwarzen Auspuffwolke an.

„Wartet doch!“, schrie er.

Jemand hob ihn hoch, er landete in den Armen der Mutter.

„Man, dass war knapp!“, sagte ein fremder Mann und lachte.

Dann fuhren sie am Kanal entlang,

später auf geteerten Wegen. Ihre Siedlung versank, die Kreisstadt mit ihr. Was die Bomben nicht geschafft hatten, das geschah jetzt. Alles war plötzlich einfach nicht mehr da, so sehr er seinen Kopf auch reckte. Der Lastwagen schüttelte sich, wie vor Entsetzen über diesen Heimatverlust. Er schloss die Augen. Und bald fuhren sie durch Vororte über Kopfsteinpflaster und über verwirrende Kreuzungen von Straßenbahnschienen, die ins Leere führten. Er hoffte, sie würden nie ankommen. Dann hielten sie.

In der Großstadt roch es anders. Nicht mehr nach Wasser jedenfalls, eigentlich nur nach Steinstaub. Und in dem Viertel, in dem sie ihre Wohnung bezogen, standen nicht mehr viele Häuser. Ein paar mehr in ihrer Straße als in anderen, aber die waren so alt, dass sie auch so wie Ruinen wirkten.

An die erste Nacht in ihrer Wohnung im ersten Stock erinnert er sich noch genau.

Die Wohnung mit zwei Zimmern, Küche, Toilette und einem langen Flur ging auf den Hinterhof hinaus. Nachts standen fremde Geräusche vor den Fenstern. Kein Vogel sang. Nur hin und wieder gurrte eine Taube. Es knackte in den Wänden. Und in der Wohnung über ihnen galoppierte der Sohn der Mieter den langen Flur rauf und runter.

Unter ihnen wohnte ein Schuhmacher. Auf dem gleichen Stockwerk neben ihnen ein Kohlenhändler, dessen Verkaufsstelle dem Haus gegenüber lag. Der Kohlenhändler verließ tagsüber seine Wohnung oder betrat sie mit geschwärztem Gesicht und schwarzen Händen, so als spiele er Theater. Die dritte Mietpartei auf dem Stockwerk bestand aus einer Frau, die tagsüber unbeweglich auf dem Balkon stand, einem Mann, der nie sprach und einem blöden Sohn, dem später zu allem Unglück ein Weddinger Rabauke einen Pflasterstein auf den Kopf schmetterte. An die restlichen Mieter in dem vierstöckigen Wohnhaus hat er keine Erinnerung. Nur an die dicke, alleinstehende Frau Dill unter dem Dach. Aber was heißt schon alleinstehend, wenn man mit einem Grimassen schneidenden Pinseläffchen zusammenlebt. Das Tier wurde bald darauf allerdings von einem der Mitmieter mit einem Messer ermordet, weil es jede Nacht aus dem Fenster schrie, worauf die Frau aus Gram über diesen Verlust Selbstmord beging.

Alle diese Menschen machten in der ersten Nacht Geräusche, an die er sich später gewöhnte. In der ersten Nacht hielt er den Atem an und lauschte. Mutter und Schwestern schliefen. Er blieb wach. Er musste aufpassen, ob alles in Ordnung war und kein Lärm entstand.

Von draußen kamen fremde, aber gedämpfte Stimmen, der Sternenhimmel mit seinen fernen Bewohnern schien herunter zu sprechen. Gegen Morgen roch es nach frischem Brot aus der benachbarten Brotfabrik, und mit singenden Tönen fuhren die rotbraun lackierten, elektrischen Kastenautos aus der Fabrikhalle, um den Menschen des Viertels das Gebackene zu bringen.

Er schlief schließlich ein.

III.

Das war er also in der Zeit, bevor er das Mädchen traf. Der Gott des Glücks hatte ihn noch nicht angesehen. Danach war sowieso alles anders. Ein ganz anderes Dasein, wie er glaubte und auch empfand. Aber das war trügerisch, denn er schleppte alles, was vorher war, mit sich herum. Das sollte ihm später zum Verhängnis werden. Er war nicht frei für die Liebe, aber er glaubte, durch das Mädchen frei zu werden. Denn war das Leben nicht genau dafür eingerichtet? Wenn nicht, wofür dann?

Unglaublich! Sie lebten im gleichen Viertel, in unmittelbarer Nachbarschaft! Aber sie kannten sich nicht. Es gelang ihm trotz langen Nachdenkens nicht, sie sich vorzustellen – ein Schulmädchen. Sie verlässt ihr Mietshaus, um in dieselbe Schule zu gehen. Und er bemerkt sie nicht. Er gibt nicht acht auf sie. Sie ist ihm gleichgültig.

Er war beschäftigt mit sich selbst. Er musste sich retten. Damals glaubte er, es käme nur auf ihn an. Er kannte niemanden.

Deshalb können wir vorerst auch nur von ihm erzählen. Aber gleichzeitig weiß er, dass sie gerade in diesem Augenblick draußen vorbeigeht ...

Ihr gemeinsamer Bezirk. Gewiss nicht harmlos, gewiss nicht unschuldig. Ein Gebiet, verseucht durch viele Umstände. Durch Gewalt, durch Armut, Demütigungen, Ungerechtigkeit. Und verseucht von Ungeziefer. Er nahm es hin als etwas, das dazu gehörte. Er klagte niemanden an.

Im Nachbarhaus, das noch dem Zille-Milieu der Vorkriegszeit angehörte, mit einem Klo im löchrig gepflasterten Hof und halbverfallenen, nur schummrig beleuchteten, ehemaligen Ställen als Seitenflügel und dunkel und befremdlichen Wohnungen, trat man nach dem Passieren der Eingangstür auf Kakerlaken, oder die weiblichen Exemplare flogen einem auf der Suche nach Paarungspartnern um den Kopf herum, und man achtete darauf, den Mund geschlossen zu halten. Und im Holzgestell ihrer Betten sammelten sich Wanzen. Ungebetene Tiere gab es überall. In allen Ruinen tummelten sich Ratten, Mäuse und mutierte Tierwesen, die sich untereinander paarten. Vögel gab es nicht, die sammelten sich außerhalb der Stadtmauern, an der Havel, im märkischen Rhinluch, das sie verlassen hatten. Natürlich gab es Tauben und anfangs Pferde als Zugtiere für Bierbrauer, Eisliefe-ranten und Kleinunternehmer, die Brennholz für Kartoffelschalen anboten. Katzen waren selten. Hunde allerdings überall.

Und Läuse.

In großen Entlausungsaktionen versuchte man, der Plage Herr zu werden. Das Mädchen hätte davon auch erzählen können. In allen

Krankenstationen befanden sich Einrichtungen, und in den Schulen gab es jede Woche Unterrichtsausfall wegen gewisser Maßnahmen. Die Köpfe der Schüler wurden geschoren, dann ging man dem Ungeziefer mit handlichen Pumpen zu Leibe, aus denen ein weißes, halb pulveriges, halb flüssiges Gift gespritzt wurde. Die Schüler mussten sich Mund und Nase zuhalten und die Augen schließen. Es war eine Zeit unsentimentaler Handlungen und immer grober werdende Verrichtungen mit handlichen Gerätschaften, die eine besondere Materialeigenschaft besaßen. Blech und Zink, Kupfer und Eisen. Alles hatte sein spezielles Gewicht, seine spezielle Oberfläche und seinen speziellen Geruch.

In den Drogerien standen Behälter und Gefäße, die alle möglichen, farbigen, hin und her schwappenden Mittel enthielten. Man konnte sie in großen Mengen kaufen, wenn man eigene Gefäße mitbrachte. Dementsprechend roch es in diesen Läden. Es roch nach flüssiger Kernseife, nach halbflüssigem Bohnerwachs, nach Spiritus, Vitriol, Karbonsäure, Chloroform, Ammoniak und Laugen. Wäre eine Bombe in diese Läden – die man eher als Hexenküchen bezeichnen konnte - gefallen, hätte man wohl das ganze Viertel evakuieren müssen.

Aber der Krieg war vorbei.

An diesen Gedanken klammerten sich alle Einwohner.

Ein Laden dieser Art befand sich in einer Straße, die sein Wohnhaus von ihrem Wohnhaus trennte. Er hat unverhältnismäßige Erinnerungen an die Aufenthalte in dieser Drogerie, so als wären sie dort ständig ein- und ausgegangen. Der zweite wichtige Laden war eine Freibank-Metzgerei. Dort erstand man Fleisch von kranken Tieren, die vorzeitig getötet werden mussten. Vor allem Innereien waren billig. Rosig-wässrige Lunge von Schweinen, mit Röhrchen und Löchern, von zweifelhafter Konsistenz und zweifelhaftem Geschmack, Mägen und Gedärm, all das aßen sie mindestens einmal in der Woche. In den Fischladen an der Straßenecke gingen sie zwar auch oft, aber nur, um Fisch zu riechen. Leisten konnten sie sich den Lebendfisch nicht, der dunkel und ergeben in großen, steinernen Becken schwamm.

Hunger gehört zu seinen Grundgefühlen. Er aß Brot, belegt mit angebratenen Zwiebelscheiben. Manchmal kam als besondere Köstlichkeit ein Camembertkäse dazu. Hin und wieder kam seine Mutter mit einer Tüte Waffelbruch nach Hause, das waren mit Fettcreme belegte Waffelstücke, die nicht in Läden verkauft werden konnten.

Eine andere Sensation für seine

Geschmacksnerven war die Schokoladensuppe, die vierzehntägig als „Schulspeisung“ in der Grundschule ausgegeben wurde. Später kamen die „Care-Pakete“ dazu, amerikanische Soldatenverpflegung, die als Teil der demokratischen Umerziehungsmaßnahmen für die hungernde Bevölkerung verschickt wurde – harte Zartbitterschokolade, harte Kekse, harter Käse, harte Wurst in Dosen. Das rituelle Öffnen dieser Pakete und der darin liegenden Dosen mit Öffnern, die ein Bestandteil dieser Dosen waren, hatte nichts Vergleichbares in seinem damaligen Leben.

Und einmal im Jahr, zu Weihnachten nämlich, tischte seine Mutter in Mehl gewendete, rohe Kartoffelklöße auf – und dazu je eine Scheibe gebratenen Schweinebauch, der vor Fett nur so troff.

Ihr könnt euch vorstellen, wie sehr er Weihnachten liebte.

Aber das tat er, wie jedes Kind, natürlich noch aus anderen Gründen.

Einer war, glaubt es oder nicht, die Sehnsucht nach Frieden. Nicht Frieden in der Welt, daran dachte er in aller Selbstbezogenheit nicht. Nein, Frieden in seiner Familie, in seiner Mietskaserne, in den Parks, in seinem Viertel.

Denn das war nicht selbstverständlich.

Im Nebenhaus zur Linken gab es fortwährende Prügeleien. Im Parterre wohnte eine mehrköpfige Sippe, deren Söhne sich schließlich, am vorläufigen Ende ihrer Fehden, über dem offenen Herdfeuer in der Küche zu rösten versuchten. Ihre Schreie hallten durch das Viertel. Tag und Nacht stand dort ein Einsatzwagen der Polizei, eine „grüne Minna" vor der Haustür.

Tagsüber spielte er nun auf der Straße mit Blechbüchsen oder Stoffbällen Fußball. Der gegenüber liegende Hofeingang der Kohlenhandlung diente als Tor. Nachts rotteten sich in den Parkanlagen des Kiezes merkwürdige Gruppen zusammen.

Taschenlampen blitzten aus Büschen, schleichende Gestalten überall, unterdrückte Rufe. Ihm war, als würde hier der Krieg nachgestellt, den er aus der Landschaft seiner Kindheit kannte. Es waren seltsame Spiele im Gange. Fußball war ihm lieber, mit seinen geradlinigen, vernünftigen Aktionen, seinen individuellen Momenten der Bewährung, seinem geregelten Miteinander. Nachts in den Parks ging es um Anarchie. Und um die demonstrative Gewalt, zu der jeder der Beteiligten ja in den letzten Kriegsmonaten von Staats wegen verpflichtet gewesen war. Werwölfe, Hitlerjugend und Volkssturm traten an. Die gegnerischen Gruppen aus den Nachbarstraßen mussten ausgeschaltet werden.

Anfangs diente er hier und da noch als eine Art Maskottchen, später wuchs er in die Stellungskämpfe hinein. Es gab immer einen Anführer, der seine schützende Hand über ihn hielt. Er galt als klug und frühreif, was er nicht verstand, denn in seiner Selbstwahrnehmung herrschte in ihm Dunkelheit.

Jedenfalls hielt sein Status eine Weile und beschützte ihn vor Verletzungen. Andere wälzten sich Nacht für Nacht in ihrem Blut. Jeder verprügelte jeden. Und er war auch nur noch mit dabei, weil der Anführer es befahl. Aber bei jeder Gelegenheit verschwand er nach Hause, was seine Mutter, die nachts wach lag, mit einem Seufzer begrüßte.

Andauernde Gefahr kannte er ja schon, und jetzt wuchs er mit ihr. Er hatte kreatürliche Angst vor Gewalt, gleichzeitig hielt er ihr gezwungenermaßen stand, denn er hatte gelernt, dass es kaum ein Entfliehen gab. So lernte er, den Beteiligten und damit der Gewalt in die Augen zu blicken und sie einzuschätzen. Er versuchte, standzuhalten. Selbst mit den größten Schlägern kam er auf diese Weise zurecht.

Mit dem Pflastersteinewerfer beispielsweise. Mit dem wollte keiner Umgang haben. Er war jähzornig, unberechenbar, warf um sich. Aber sie trafen sich oft und zogen durchs Viertel. Nicht dass er als sein Vertrauter mehr von ihm erfahren wollte und erfuhr – heimliche Geständnisse, wahre Gefühle, seelische Einblicke in die Wunden einer verpfuschten Erziehung. Nein, aber er begriff, dass der ältere und größere nur gefährlich war, wenn man ihn angriff. Er griff ihn nicht an.

Seine übrigen Kumpane lebten auch in gefährlicher Nähe zur Gewalt. Oft genügte ein falsches Wort von irgendjemandem, und es entstand eine Schlägerei. Sie wohnten in den Nachbarhäusern seiner Straße, und in der Straße des Mädchens. Sie trafen sich jeden Tag. Und sie zogen los, so weit sie konnten, an Ruinen und Brachland vorbei, durch feindliche Viertel, manchmal bis in die Stadtmitte.

Einmal kamen sie an einer Spielzeugfabrik vorbei, die aus einem unbekannten Grund explodiert war. Überall lagen kleine, bunte Porzellanfiguren mit ausdrucksvollen Gesichtern herum, phantasievoll bemalt, ein geradezu märchenhafter Anblick in der grauen Welt der Trümmer. Auch dafür waren sie empfänglich. Die, in jedem von ihnen, übermäßig vorhandenen Gefühle kippten ständig in die eine oder andere Richtung. Sie wanderten auf einem schmalen Grat. Abends kehrten sie heim, und er ging nach den Abenteuern des Tages unlustig in seine Wohnung, wo seine

Mutter in der Wohnküche saß, über die karierte Tischdecke aus Kunststoff strich und seufzte.

Die Kumpane waren auch Klassenkameraden. Auf der Straße rempelten sie sich an, öffneten lachend ihre Hosen und zeigten sich gegenseitig ihre Schwänze. In der Schule prügelten sie sich mit den anderen. Denn die Lehrer der Grundschule hatten Besseres zu tun, als ihnen Unterricht zu erteilen. Sie standen in den Gängen, die nach Linoleum und Ammoniak rochen, rauchten und palaverten miteinander. Eine Schulaufsicht gab es nicht.

Er beschloss deshalb, so oft wie möglich die Schule zu schwänzen. Wofür soviel Mühe? Manchmal blieb er den ganzen Tag im Bett, manchmal ging er allein in den Parks jenseits des Kiezes spazieren, wo es so etwas wie Natur mit künstlichen Hügeln und Tälern gab. Er versuchte, sich an das Rhinluch zu erinnern. Und er wollte es allein tun. So erhielt er eine Grundschulbildung, die recht übersichtlich war. Das setzte sich in der Oberschule fort. Der Wedding mit seinen Rabaukenschülern galt bei den Pädagogen nicht als fruchtbare Wirkungsstätte. Man investierte wenig, kein Curriculum, kein Geld, keinen guten Willen.

Was lernte er dennoch in den ersten sechs Grundschuljahren – beim dicklichen, ältlichen Fräulein Schubert, bei Herrn Lottermoser mit der gewellten Frisur?

Dass man zur richtigen Gruppe gehören musste. Oder dass man sich selbständig macht.

Was bringt jemand wie dieser in eine Liebesbeziehung ein? Wie kann es ihm gelingen, den Aufruhr und den Lärm in sich, die marodierenden Gefühle, die Sehnsucht, die Wut, den Schrecken und die Selbstsucht zu bändigen und in Zärtlichkeit zu verwandeln?

Darauf ist niemand vorbereitet. Auf keiner Seite.

IV.

Es wird Zeit, von dem Mädchen zu reden.

Sie ist plötzlich da. Das Leben stellt sie an ihren Platz. Wer ist sie? Was bringt sie mit sich?

Sie kommt aus der alten Stadt. In diesen Straßen hat sie schon immer gewohnt. Ihre kleine Familie ist im Krieg dezimiert worden. Sie hat früh gelernt, sich um sich selbst zu kümmern. Sie besitzt durchaus ein Bild von sich. Und sie ist zufrieden damit.

Sie lehnt es ab, zu lesen. Das hält sie für reine Vergeudung. Bücher bedeuten ihr nichts. Stattdessen hält sie die Augen offen. Sie lernt unaufhörlich. Sie bohrt sich mit Blicken in die Verhältnisse. So weiß sie nach einiger Zeit Bescheid über alles. So wird sie spöttisch. So schüchtert sie andere ein.

Trotz ihrer Jugend ist sie mit allen auf Augenhöhe. Und sie vergisst in keinem Moment, dass es nichts wert ist, überlegen zu sein.

Bevor sie ihn kennenlernt, probiert sie vieles aus. Aber es sind unwürdige Begegnungen und Verhältnisse, schnelle, scheue Versuche in dunklen Wohnungen, falsche, laute Reden in den Straßen, verächtliche Posen in Kneipen und auf Tanzböden.

Aber sie pflegt Mädchenfreundschaften. Es sind Mädchen wie sie, mit denen sie sich trifft. Sanfte freche Mädchen, die Spitznamen besitzen, mit denen sie angesprochen werden wollen, Mädchen, die wie sie selbst eine Vision haben, irgendeinen geheimen Traum. Sie leben in diesen Weddinger Häuserzeilen, aber sie wollen darin nicht untergehen. Sie wollen nicht nur der Lohn sein für Typen, die sich an ihrer Seite groß tun. Mit diesen Freundinnen unternimmt sie ein paar Reisen, die sie einmal sogar bis an die Adria führen. Nach Grado, nach Jesolo. Aber meistens nur nach Kronach im Fichtelgebirge, eine fassbare Welt jenseits Berlins, wo man durchaus untertauchen kann – für eine gewisse Zeit. Wenn sie zurückkommt, nimmt sie ganz selbstverständlich wieder ihren Platz ein. Es bleibt eine Erinnerung an das Licht über dem Meer.

Sie sind sich jetzt begegnet. Sie sind nun also richtig zusammen. Für den Moment glaubt sie, alles richtig gemacht zu haben.

Mit ihm zieht sie in der kommenden Zeit, die ihnen bleibt, von einer Fete zur nächsten. Irgendwo ist immer was los. Mal feiert ein Sportler einen Sieg, mal feiert eine ihrer Freundinnen Abschied oder Ankunft, mal muss ein Schrebergarten eingeweiht werden. Mal feiert jemand einfach das Feiern. Er kennt nur ein paar Kumpels, sie kennt jeden.

Gleich in der ersten Nacht feiern sie in einer Wohnung durch, die einem deutschen Boxer gehört. Hier verkehrt auch ein anderer Boxer, ein italienischer Sonnyboy von der Adria, der in ihrem Leben noch eine Rolle spielen wird. Sie taucht ein, alles ist bereit.

Es ist ihre erste gemeinsame Party. Sie tanzen oft, aber er möchte nicht immerzu tanzen. Sie schon. Sie tanzt so eng mit dem deutschen Boxer, einem groben Klotz mit krausen Haaren aus der Klasse der Halbschwergewichtler, dass er sich ganz langsam aus seinem Sessel aufrichtet. Er schaut sich dass eine Weile an. Dann beschließt er, einzugreifen.

Ihr Gesicht kommt dem des Boxers zu nahe. Ihre Körper haben

viel zu viel Kontakt. Sie blickt dem Boxer tief in die Augen und lächelt. Eine solche wortlose Verständigung mit einem Fremden ist für ihn unverständlich.

„Kennst du etwa nicht die Spielregeln?“, fragt er sie stumm.

Sie tanzt ungerührt weiter.

„Bist du völlig amoralisch? Oder nur eigensinnig?“

Irgendwie wird die Musik im Raum lauter.

„Gehst du etwa einfach nur deinen augenblicklichen Gefühlen nach, ohne auch nur einen Moment nachzudenken? Bist du also einfach nur unschuldig?“

Sie bemerkt solche Fragen nicht, sie lebt in der allerunschuldigsten

Gegenwart, sie glaubt, alle hier fühlten sich einfach nur gut.

Er geht zu dem tanzenden Paar hinüber, packt hart den Oberarm des Mädchens, legt dem Boxer die andere Hand auf die Brust und drängt ihn zurück. Und er sagt ihr ins Gesicht, dass sie jetzt gehen werden. Er spricht nur zu ihr. Der Boxer interessiert ihn nicht.

Er sagt zu ihr: „Wir gehen jetzt."

Sie blickt ihn an und erwidert: „Klar!"

Dann gehen sie.

Es ist schon früher Morgen. In ihren Ohren hören sie noch die hämmernde Musik, und sie schmecken den Geschmack der Party mit diesen Leuten, die sich bewegen und nichts bedeuten. Sie schmecken den Geschmack des faden Amüsements, aber sie haben sich freiwillig darauf eingelassen.

An ihrer Seite ist alles gut. Sie weckt in ihm die Sehnsucht, die Fähigkeit, alles heller zu sehen, als es ist. Sie hakt sich bei ihm ein. Sie gehen durch Parks wie ein Paar, das darüber spricht, sich eine Wohnung einzurichten. Als sie sich dessen bewusst werden, bleiben sie abrupt stehen und küssen sich. Sie sagt, sie sei bereit zu allem, sie wolle nicht warten, es sei eine Begegnung, wie sie sie noch nicht erlebt hat.

„Du bist Fünfzehn", sagt er spöttisch.

„Ich war auch vorher schon da",

erwidert sie. „Und warst du nicht auch schon mit Fünf erwachsen?“

Jetzt sitzen sie im Park, schließen die Augen, um die Vogelstimmen zu hören, machen sie wieder auf und küssen sich. Er weiß, dass sie keinen BH trägt, und jetzt, wo sie sich vorbeugt, um ganz unschuldig ihr Schuhband zu binden, sieht er zum ersten Mal in seinem Leben die Brustwarzen einer Frau. Er ist auf eigenartige Weise schockiert und elektrisiert. Welche Schamlosigkeit und was für ein Anblick! Es ist das große Geheimnis, und er allein bekommt es in diesem stillstehenden Moment zu Gesicht.

Sie blickt zu ihm auf, er steckt seine Hand in ihren Ausschnitt, sie blinzelt ihn an, als wollte sie sagen: wurde aber auch Zeit. Alles drängt sie zueinander, und sie beschließen, zu ihm nach Hause zu gehen. Es ist fünf Uhr in der Frühe, ein warmer Sommermorgen in einer Stadt, die noch kein Eigenleben entfaltet. Alles schläft noch. Sie schleichen sich in die Wohnung. Und gleich hinter der Eingangstür, im langen, dunklen Flur, dessen Wände blasse Rolltapete bedeckt, legen sie sich einfach auf den Dielenboden und lieben sich.

Er ist überwältigt von ihrem Duft, von ihren Gliedern, die sich geschmeidig wie bei einem Tier bewegen. Sie trägt Seidenstrümpfe, die an Strapsen befestigt sind. Kaum eine schönere Stelle, als der Streifen nackter Haut ihrer Oberschenkel. Er küsst das alles und verliert sich in diesem Mädchen, das ihn bereitwillig aufnimmt, nachdem sie ihm zugeflüstert hat, er könne ihr vertrauen. Sie verhütet mit einem Schwämmchen, das in Lysol gebadet ist. Für ihn ist ihr Leib ein Wunderwerk. Für sie ist er der Richtige im richtigen Moment.

Um sie ist Geflüster. Um sie ist ein Garten, in dem es duftet. Sie haben keine Angst.

Später schließt sie hinter sich leise die Wohnungstür und ist verschwunden. Er läuft zum Fenster und blickt ihr nach, wie sie die Straße überquerte, dann ist sie fort.

Er schloss die Augen und sah sie weitergehen, durch die benachbarten Straßen. Eine zarte, zerbrechliche, kaum vollendete Frau. Er stellte sich gleichzeitig die restlichen Straßen des Viertels vor. Die Menschen, die im trüben Morgenlicht an den Straßenbahnhaltestellen warteten. Das Einerlei. Die stumme Wut in den sprachlosen Mienen. Das Leben wischte alles weg.

Man kann sagen, dass sie sich in der kommenden Zeit ununterbrochen getroffen haben. Sie erleben das große Geheimnis. Aber weil sie nicht nur im Glück, sondern auch in ihrem Weddinger Nachkriegsmilieu leben, ist sie nur seine erste

„Feste", und er ist ihr zweiter „Scheich". Sie kleben wie Kletten aneinander. Sie müssen nur „aufpassen". Ihre Verhütung funktioniert ein Jahr lang. Dann wird sie schwanger und lässt die Frucht abtreiben. Die diskrete Klinik dafür ist die beste, sie liegt im noblen Südberliner Stadtteil Krumme Lanke hinter Nadelbäumen, wo sonst nur Anwaltsgattinnen und Mätressen von Baulöwen abtreiben.

Er bezahlt den Aufenthalt durch Überstunden, und er besucht sie eine Woche lang jede Stunde. Er holt sie aus dem Krankenzimmer und sie sitzen im Park, der Fürsorge und Rettung ausstrahlt. Natürlich ist dieser Moment der unschöne

Teil ihrer Liebe. Aber alles stimmt beide irgendwie heiter. Er bewundert sie dafür, wie erwachsen sie wirkt, sie zeigt ihm etwas von der wahren Wirklichkeit einer Frau. Er wird ein wenig schüchterner. Aber so, wie sie ihn anblickt, begreift er, dass sie ihn nicht kleiner machen wird.

Auch das erleben sie nun also. Es trennt sie nicht.

Es ist etwas, das nur ihnen widerfährt, einzigartig. Sie erfinden in diesen flüchtigen Momenten des Glücks die Liebe zwischen Menschen auf dem Erdenrund.

Sie wissen nicht, dass Sex das Glück der Unterschicht ist. Ein Gottesgeschenk, das jeder weidlich auskostet. Sex können hier alle, aber im Hintergrund lauert die Ahnung, dass jenseits davon das Leben schlagartig endet. Danach kommt nichts mehr. Und wenn man jung ist, wie dieses Paar, damals nach den großen Verbrechen, liebt man sich mit einer Art Verzweiflung.

Und irgendwo lauern die Familien oder Restfamilien und warten darauf, dass irgendwas geliefert wird. Im besten Falle Enkel. Aber zumindest eine Heirat, ein Fest, die Angliederung einer Art neuer Familie. Damit man wächst, damit alles so wird, wie es vorgesehen ist und immer schon war. Wie es gehen muss.

Das Mädchen und er wollen aber keine Kinder. Sie sind selbst noch welche. Sie sind gerade aufgestanden, um ihr Kinderzimmer zu verlassen und machen die Tür hinter sich zu.

V.

Ein Wochenende kam. Sie hatten beschlossen, die Stadt zu verlassen und trafen sich in der Wohnung einer ihrer Freundinnen am Ende der Nahverkehrsstrecken. Ein unbedeutender Ort im Süden, eine Kleinstadt mit Fachwerk an einem märkischen Fluss. Die Wohnung lag an der Hauptstraße, ihr Zimmer ging zu den Flussauen.

„Stört es dich, wenn ich nicht allzu viel rede?“, fragte sie.

„Überhaupt nicht.“

Er fühlte sich wie in seiner Schulzeit, ertappte sich dabei, wie er den Entschuldigungszettel einsteckte, den seine Mutter wegen seiner Unpässlichkeit geschrieben hatte. Er hatte sich lange auf dieses Wochenende vorbereitet, war aber nicht auf der Höhe. Sie mischten sich in der Ortsmitte unter Leute, gingen umher. Er spürte ihre Nervosität, die seine. Sie gingen Arm in Arm, als fürchteten sie plötzlich die Fliehkräfte, die sie auseinanderreißen konnten. Sie flüsterte etwas an seinem Ohr, er verstand es nicht, aber ihre Stimme genügte ihm.

Auch sie hatte das Leben nicht gelernt.

Der Nachmittag war kalt. Sie legten sich in das breite Bett, das festlich gedeckt war. Sie war freundlich, ohne jeden Zweifel über ihr Tun, einfach anwesend. Alles was geschah, traf ihn wie Stimmen aus der Ferne. Aber sie war nahe, so vertraut, dass er Angst davor bekam, zu erwachen und fortgespült zu werden, unaufhaltsam, unter Gelächter. Er hätte sie endlich heiraten wollen, sofort, wie in einem Akt von Panik. Lieber wollte er sie töten, als sie gehen zu lassen.

„Wenn man Glück hat, liebt man einmal", sagte sie. „Man kann nichts dagegen tun. Man kann nur hoffen."

„Alles in meinem Leben war unbedeutend“, sagte er, „die Wut, die Verzweiflung, die Stoßgebete. Nichts, wirklich nichts ist es wert, festgehalten zu werden. Nur dieser Moment mit dir. Und der wird vorübergehen. Ist das nicht kurios?“

„Sei nicht dramatisch“, sagte sie. „So schlimm ist es nicht.“

„Es ist ein Geschenk“, sagte er. „Das weiß ich schon. Aber ich weiß nicht, von wem.“

„Ich habe gewartet, jetzt lasse ich nicht mehr los. Ich werde alles tun.“

Er berührte sie. Sie war zart und kraftvoll, sie wich nicht zurück. Er spürte seine Einsamkeit und auch ihre, aber sie hielten sie beide aus. Er sah sie im Geist in Berlin, auch die belebtesten Straßen hallten wider von der riesigen Einsamkeit aller. Es gab keine Verabredung darüber, zusammenzukommen. Es gab auch keine Verbote. Nur diese Gleichgültigkeit, diese Unfähigkeit, etwas festzuhalten, das glücklich macht. Alles verschwand in der Nacht.

Sie erzählte von ihrer Familie, ihr älterer Bruder war bei der Polizei gewesen und bei einer Übung gestorben. Sein Tod so sinnlos wie sein Leben. Sie erzählte auch von Ausflügen in die Natur, unbeschwerte, winzige Feste im Freien, beschienen von einem grenzenlosen Licht, dem Licht der Jugend. In der grauen Stadt lauerten Katzen an Mauerrändern und Ruß fiel im Winter vom Himmel. Das Leben aller war vorherbestimmt, und das Gesetz wartete wie ein Spion im nächtlichen Hauseingang. Jeden Tag hatte sie diese Mauer durchstoßen, hatte weiter gemacht, war manchmal fündig geworden. Aber wozu?

„Um mich zu treffen?“, lachte er, „das kann nicht sein, ich habe schwache Glieder und war mehrmals krank, ich besitze niederträchtige Gedanken.“

„Unsinn“, erwiderte sie. „Du bist so still, du wartest bis der Moment gekommen ist, um dich mitzuteilen. Jetzt bin ich da, du kannst sprechen.“

Er fühlte sich nicht stark, er war unsicher. In dieser Frau lebten Kräfte, die ihn betäubten. Er weckte sie, dann würden sie ihn beherrschen, vielleicht mit sich reißen, vielleicht erniedrigen. Sie war wie alle, viel zu früh ausgestoßen, verloren, sehnsüchtig. Sie erkor ihn aus, sie zu retten. Er dachte, ob es das nicht wert war? Ob er nicht ein einziges Mal in seinem noch jungen Leben alles riskieren sollte? Auch dann, wenn es später scheitern sollte?

Der Gedanke beglückte ihn. Er wünschte sich Klarheit. Aber er war dabei, das Große nicht anzuerkennen, er sah es bereits in der Gestalt des Alltags. Sie würden zusammenziehen. Die Gewohnheiten würden kommen, dann musste sich zeigen, ob es sie endgültig erschöpfte, oder ob Kraft daraus entstand.

Sie kniete auf dem Bett und betrachtete Fotos, die er mitgebracht hatte. Sie trank aus einer großen Tasse ohne Henkel Kaffee. Sie lächelte ihm zu. Die Zeit stand still. Durch das Fenster strömte Sonnenlicht.

Er spürte, wie in ihm etwas zusammenfiel. Ein Gerümpel aus den vergangenen Kinderjahren, wie Müll, es sammelte sich in seinem Inneren und löste sich in einem Tümpel auf. Es nahm ihm die Luft, er musste tief durchatmen. Er musste es endlich loswerden.

„Lass uns später noch spazieren gehen, bevor es dunkel wird“, schlug sie vor.

„Ja“, sagte er erleichtert. „Es ist alles nicht so schwer, nicht wahr?“

„Nein, natürlich nicht“, erwiderte sie.

Sie gingen bei Sonnenuntergang zum Fluss, der unter dem späten Licht in seinem Bett größer zu werden schien. Der Abend war milder, als er gedacht hatte. Alles war an seinem Platz.

VI.

In diesem Leben gab es keinen Halt. Sie lebten, als wüssten sie Bescheid. Aber in Wahrheit hatten sie keine Ahnung. Sie begriffen alles, während sie ihre Niederlagen erlitten.

Aber weil sie jung waren, hatten sie keinen Grund zu klagen.

Das Mädchen war verrückt auf Klamotten. Sie schneiderte auch für ihn. Er wurde eine zeitlang ihre Kleiderpuppe. Eines Tages schneiderte sie ihm eine Pepitajacke. Eine Pepitajacke! Also ein todschickes Ausgehmäntelchen aus gelb und schwarz kariertem Stoff. Damit gingen sie zum Sechstagerennen.

Schon auf dem Weg dorthin, durch die Straßen des Weddings, in der U-Bahn, über die Potsdamer Straße hin zum Sportpalast, gab es jede Menge Kommentare des einheimischen Prekariats. Und im Sportpalast, wo die nimmermüden – man könnte auch sagen: die immermüden – Radfahrer sechs Tage und Nächte lang ihre Runden drehten, waren sie und er – modisch gesehen – die Stars. Was sie trug, war natürlich etwas Gewagtes. Etwas wie Dschungel-Look. Denn sie lebte in der Vorstellung, dass ihr Leben ein Abenteuer sei, bei dem man nicht nur schicke, sondern auch reißfeste Kleidung brauchte.

Sie war ein Kind ihres Milieus, das sie liebte und eigentlich nicht wirklich verließ. Sie ahnte, dass außerhalb die Abgründe lauerten.

Die beiden trennten sich von nun an kaum einmal. Sie brachten es fertig, sich in der Nacht in der winzigen Wohnung des Mädchens zu treffen, wo ihre Mutter einen leichten Schlaf schlief. Sie liebten sich in der Küche. Er war oft ungeschickt. Aber sie regelte alles. Sie schaute genau hin, lachte leise und führte ihn zu sich. Und weil sie zunehmend die Scheu verloren, legten sie sich einfach auf ihre Bettcouch im Wohnzimmer, die von dem Bett der Mutter drei Meter entfernt war – und das Spiel begann. Schamlos. Vielleicht zornig. Wahrscheinlich einfach nur im Gefühl reinster Gegenwart.

Am frühen Morgen, bevor ihre Mutter die Zeitung holte, die schon auf der Fußmatte vor der Wohnungstür lag, begutachtete sie den nächtlichen Eindringling mit misstrauischen Blicken und knurrenden Geräuschen. Aber er wurde nicht hinausgeworfen. Zum Frühstück kam dann oft noch eine Freundin der Mutter herunter, eine Art gutmütige Tante ohne Eigennamen. Auch sie begutachtete ihn knurrend, aber durchaus freundlich. Es war wohl klar, dass er vielleicht der Enkellieferant sein würde.

Das Frühstück schmeckte immer.

Obwohl das Mädchen so gut wie nie schlief, trat sie ihre Ausbildung jeden Tag pünktlich und zuverlässig an. Sie fuhr zum Kurfürstendamm. Und er selbst verschwand entweder in seinem eigenen Bett, oder machte sich auf, irgendeinen Job zu erledigen.

Sie stritten sich nie. Als sie später anfingen, sich zu streiten, trennten sie sich sofort, denn das entsprach nicht ihrer Vorstellung vom Zusammensein. Aber bis dahin – es gab nicht eine einzige Minute, die der Gott des Glücks ihnen schenkte, in der sie nicht zusammen waren. Sie krochen geradezu ständig aufeinander.

VII.

Bevor sie sich kennenlernten, war vieles in sein Leben hereingebrochen. Und mit vielem hatte er es auszugleichen versucht. Die Literatur kannte er noch nicht. Er kannte den Sport. Und die Musik.

Wie ein eiskalter Sturzbach in ein schwüles Klima einbricht, so brach eines Tages der Rock'n'Roll in seinen Alltag ein.

Irgendjemand in seiner Clique besaß immer irgendwelche neue „Scheiben“, die er auf seinem Zehn-Plattenspieler oder in ein „Mignon“-Gerät legen konnte. Sie trafen sich, tranken Fassbrause und hotteten. Mädchen spielten noch keine Rolle. Sie wollten auch nicht tanzen. Sie zuckten nur. Und sie strichen sich über die gut gekämmte Frisur.

Es soll nicht verschwiegen werden, dass sein größter musikalischer Eindruck jener Tage sich dann doch mit Mädchen verband.

Ein Kumpan nahm ihn mit in eine Kneipe, die sich am Gesundbrunnen befand. Eine kleine Bar, sie gingen am Abend hin. Er war vierzehneinhalb.

Es war schon dunkel. Sie öffneten die Tür zum Etablissement. Halbdunkel. Rauchgeschwängerte Luft. Ein Geruch nach Bier und Schnaps. Und im Moment ihres Eintretens setzte wie eine Begrüßungsfanfare eine Musik aus der Musikbox ein. Ein pfeifendes, auf der Orgel gespieltes, elektrisierendes Hauptthema, Wahnsinnsrhythmus, nur diese pulsierende Musik ohne Gesang.

Er stand wie gelähmt und hielt den Atem an. Alles um ihn herum versank. Er stand in einer Art Blase, innen war es warm und heimatlich, vielleicht die Fruchtblase im Leib seiner Mutter kurz vor der Geburt. Er wagte weder sich zu rühren noch zu atmen. Bis sein Begleiter ihn packte und zu einem kleinen runden Tisch zog, an dem zwei Mädchen saßen. Eine war klein mit großen Augen und kurz geschnittenen Fransenhaaren. Sie war für ihn gedacht. Die andere schüttelte ihre Mähne und schmachtete seinen Begleiter an.

Sie setzten sich. Die Kurzhaarige küsste ihn auf die Wange und legte eine Hand auf sein Knie. Er erstarrte – der Gott des Glücks war zum ersten Mal gegenwärtig. War er noch in dieser Welt? Er konnte nichts sagen. Und das blieb den ganzen Abend so.

Er wusste danach nicht, wie die beiden Mädchen hießen, noch, wie sie aussahen, es waren einfach Mädchen. Ob sie sich je wiedergesehen haben? Aber dieser Moment, in dieser Bar, mit dieser Musik, mit der Gegenwart dieser beiden Wunderwesen, die nur für ihn und seinen Kumpel auf der Welt waren – er gehörte, für immer festgefroren, zu den ewigen Momenten seines Lebens.

Das war vor der Zeit, als er das Mädchen kennenlernte. Seine Zeit der Vorbereitung. Er war erwacht. Und er wusste, Musik und Mädchen gehören zusammen. Seit diesem Erweckungsmoment, für den Gläubige Wallfahrten benötigen, spürte er durchaus den Mädchen nach.

Wir sehen ihn beispielsweise an einem Abend im Herbst. Er hatte sich für einen Schreibmaschinenkurs an der Volkshochschule angemeldet. Er ging durch einen Eingang, betrat einen Hof. Und im Halbdunkel bemerkte er, dass sich vor ihm ein junges, weibliches Wesen bewegte.

Er ging schneller und holte sie ein. Sie gingen nebeneinander. Sie warfen sich nur einen einzigen Seitenblick zu und wussten Bescheid.

Im Unterrichtsraum saßen sie natürlich nebeneinander. Sie versuchten, die Lektionen auf Augenhöhe zu bewältigen. Ein schönes Gefühl von Zusammengehörigkeit. Nach Beendigung der Kursstunde gingen sie in die kalte Weddinger Nacht hinaus und beschlossen, die Spätvorstellung des Kinos „Corso“ zu besuchen. Dort lief irgendein B-Western.

Vor dem Kino stand schon eine erwartungsfrohe Menge, von der sie sich in die Mitte nehmen ließen. Die Menge schob beide zusammen. Ihre Körper berührten sich. Sie sprachen kein Wort, tauschten sich aber intensiv aus. Das setzte sich im Kino fort. Ihre Hände glitten in Regionen herum, die für ein Kinoerlebnis nicht zuträglich waren. Im ganzen Kino saßen solche Paare, denn es war mucksmäuschenstill. Nur hin und wieder hörte man ein Seufzen.

Das alles kam ohne lange Erklärungen und Versprechungen zustande. Es bestand einfach ein stillschweigendes Einverständnis dafür. Jeder von ihnen hatte lange darauf gewartet. Und es war auf keinen Fall irgendein banales Erlebnis. Es ging um alles, es ging um Leben und Tod. Sie waren es, die in diesen Momenten die Liebe zwischen Menschen auf dem Erdenrund erfanden. Sie schrieben die Geschichte der Menschheit weiter.

Und dennoch verloren sie sich danach aus den Augen. Es gab irgendeinen Grund dafür. Oder auch keinen. Das Leben im Wedding ging einfach weiter. Alles, was sie nicht festhalten konnten, glitt ins Dunkle hinab.

Er merkte damals, dass ihm die Sehnsucht nach einem Mädchen oft lieber war als das Mädchen selbst.

Oft ging er, ein paar Straßenzüge von seiner Straße entfernt, an einem mehrstöckigen Wohnheim für Studentinnen vorbei. In den Fenstern der kleinen Wabenwohnungen brannte Licht hinter bunten Vorhängen. Fenster und Vorhänge blieben geschlossen, aber er sah im Geist die Mädchen dahinter.

Sie warteten auf ihn. Aber er wusste nicht, wo sich die Eingangstür befand, um zu ihnen zu gelangen. Die geheimnisvolle Tür, nur für ihn bestimmt. Er konnte sie einfach nicht finden. Dieses Gefühl ließ ihn lange nicht los.

Er blieb voller Sehnsucht. An einem späten Abend saß er im ansonsten leeren Doppeldeckerbus neben einem Mädchen auf der Rückband. Als der Bus dort hielt, wo er aussteigen musste, blieb er sitzen. Er wollte sie ansprechen, sie sollte ein Leben lang bei ihm bleiben. Aber er schwieg. An der nächsten Haltestelle stieg sie aus. Sie warf noch einen Blick nach ihm und trat unten in den finsteren Schlund der Straße. Dann verschwand sie in der Nacht.

Er hätte dieses Mädchen sofort geheiratet. Er hätte alles akzeptiert. Sie war sein Traum, auch wenn er sie gar nicht genau angesehen hatte und von ihr absolut nichts wusste. Aber er wusste alles über sich. Damals glaubte er, das reiche. Aber er tat nichts, ließ sie ziehen.

Für kurze Augenblicke war sie die Erfüllung seines Lebens.

Er dachte noch wochenlang über die vertane Chance nach. Welch ein Glück hätte auf ihn gewartet!

So einsam und so verzweifelt ging es zu in den sprachlosen Weddinger Nächten, durch die Wesen strichen, die kein Zuhause zu haben schienen.

VIII.

Solche Wahrheiten können Paare später trennen. Es erheben sich Vorwürfe. Und tatsächlich kann man sich einreden lassen, der Zufall habe bei der Liebeswahl Regie geführt. Aber so ist es nicht. Trotz allen Vorgeplänkels gibt es nur zwei Menschen, die füreinander bestimmt sind. Und sie erleben dieses Glück ohne jeden Zweifel. Aber es ist ihnen nur eine begrenzte Zeit dafür gegeben.

Für sie beide hieß das damals, dass sie ihre Gemeinsamkeiten schnell entdeckten und bedenkenlos ausleben. Sie liebten beide den Rock'n'Roll und gingen deshalb oft tanzen. Damals musste man nur in eine der unzähligen Bierkneipen des Kiezes gehen, in deren Mitte eine Musikbox stand. Man wählte seine Hits aus und los ging's.

Ringsherum saß dann der Mob an kleinen Tischen mit karierter Tischdecke, krakeelte oder starrte feindselig in sein Bier. Ab und zu stand auch einer auf und versuchte, ihm das Mädchen abspenstig zu machen. Aber sie fertigte ihn souverän ab, indem sie mit ein paar schnoddrigen Sprüchen seine Vorzüge pries. Wurden die Kerle weiter zudringlich, musste er eingreifen.

Es kam durchaus häufig zu Rangeleien oder Prügeleien. Vor allem dann, wenn sie genau in jene Lokalitäten gingen, von denen bekannt war, dass es dort besonders aggressive Platzhirsche gab. Aber die gab es damals in jeder zweiten Kneipe. Das Mädchen schlug diese Orte regelmäßig vor, sie wollte wohl sehen, wie er sich hielt. Aber er machte auch mit, denn er war daran gewöhnt, sich bewähren zu wollen. Eine Zeit lang trainierte er es geradezu, sich in Situationen zu begeben, vor denen er eigentlich schweren Bammel hatte. Er baute sich auf, hielt durch und machte seine Erfahrungen.

Er landete also durchaus einige Male auf dem Kneipenboden. Er besaß offensichtlich einen gläsernen Kinnwinkel – der seitlich von der Kinnspitze liegt, nicht in der Mitte. Aber wenn er in der Lage war, wieder aufzustehen, oft unter anfeuerndem Beifall, schlug er zurück. Unter diesen Umständen war das Unterhaltungsprogramm an den Feierabenden anstrengend. Und wie gesagt, man brauchte im Wedding reißfeste Klamotten.

Nach einem Jahr war ihre Liebe immer noch frisch. Sie lernte und arbeitete im Modehaus. Er wechselte seine Jobs.

Zunächst trug er Zeitungen aus. Er stand um zwei Uhr in der Nacht auf oder kam rechtzeitig von einer Fete zurück, um sich vorzubereiten. Man traf sich auf einer Sammelstelle, lauter verschlafene, maulfaule Gestalten, die lieber in einem anderen Leben aufgewacht wären, bekam seine Taschen und das passende Schlüsselbund und zog los, in den Abgrund der Morgendämmerung hinaus.

In nächtliche Wohnhäuser zu gehen ist eine seltsame Erfahrung. Man schaut an der Fassade empor, Vorderhaus, Hinterhaus, Seitenflügel, man betritt einen schweigenden Hof, man weiß, hinter den Fenstern befinden sich schweigende Menschen, vielleicht wird man beobachtet. Das ganze Haus atmet. Weil es damals noch keine Sammelbriefkästen im Hausflur gab, geht er über knarrende Dielen das Treppenhaus empor und wirft seine Zeitungen auf die Fußmatten vor die Wohnungstüren. Manchmal hört er hinter der Tür ein Schnaufen, Schritte, ein Kratzen. Manchmal ein Weinen. Wenn er aus den oberen Stockwerken zurückkommt, ist die Zeitung weg. Manchmal geht zwischendrin das Licht im Treppenhaus aus und er tastet zum nächsten Drücker. Dann schaltet sich das Deckenlicht wieder ein und er schaut sich um, ob sich inzwischen etwas verändert hat. Manchmal steht inzwischen eine Gestalt auf der Treppe. Vielleicht bewegungslos, vielleicht kommt sie näher. Man grüßt flüchtig und ist schon vorbei. Zurück bleiben Blicke, nächtliches Misstrauen. Es ist immer eine befremdliche Begegnung, weil die Gründe dafür erst geprüft werden müssen. Bis geklärt ist, weshalb man sich hier begegnet, vergehen Sekunden, die in einem Vakuum stattfinden. Dann wird die Leere mit stillschweigenden Infos aufgefüllt und alles läuft normal weiter.

Er hatte als Zeitungsausträger viele seltsame, nächtliche Begegnungen in Treppenhäusern. Dort wohnen in der Nacht irritierende Wesen.

Seinen nächsten Job bekam er in einer großen Fabrik, die im Wedding Glühbirnen herstellte – ein Industriekomplex mitten im Wohnviertel, mit dem Ausmaß einer Kleinstadt.

Er stand fortan jede Nacht an

einer Glocke aus gehärtetem Messing. Er schaltete elektrische Apparaturen an, schob die Glocke hoch, spannte lange, dünne Stäbe aus Osmium und Wolfram in Vorrichtungen oben und unten und zog die Glocke herunter. Dann begann der Vorgang des Durchglühens des Materials, aus dem die feinen Fäden für die Glühbirnen entstehen. Wenn er einen Fehler machte, sei es aus Übermüdung, sei es aus Lustlosigkeit, schrillten Alarmglocken und die Schichtleiter kamen angerannt.

Wenn seine Schicht im Morgengrauen beendet war, schaute er aus dem hohen, vergitterten Fenster auf die Straße. Dort stand das Mädchen. Sie ließ es sich nicht nehmen, ihn abzuholen.

Er zog sich um, ging hinaus und sie begrüßten sich sehnsüchtig. Welch ein Anblick! Das Mädchen im wippenden Rock mit Petticoat und dünner Bluse, oder auch im korrekten Kostüm, auf schlanken Beinen in hochhackigen Schuhen. Er brachte sie zur U-Bahn und sie fuhr zum Kurfürstendamm. Er selbst fiel zuhause todmüde ins Bett.

IX.

Bald wurde sie wieder schwanger.

Das war irgendwann unvermeidlich.

Er kam von einer Kur im Berchtesgadener Land zurück. Sechs Wochen Erholung in Salzbergwerken und auf Terrassen von Kurheimen. Danach war er ausgehungert nach dem Mädchen und sie nach ihm. Welchen Sinn machte es, sich so lange zu trennen, wenn man sich gerade erst kennengelernt hatte! Sie fielen übereinander her und neun Monate später wurde ein Sohn geboren.

Der Alltag ging weiter. Alles war ja irgendwie geregelt, trotz aller Begierden. Sie waren auf eine genügsame Art und Weise auf dem richtigen Weg.

Zwischendurch heirateten sie.

Es war ein schönes und auch wichtiges Fest. Viele kamen. Aber für ihn und sie war es nur eine Niederlage. Sie gaben nach. Ihre Familien, die auf ihrer Seite aus ihrer Mutter und der namenlosen Tante, und auf seiner Seite aus der Mutter, den beiden Schwestern und Onkeln und Tanten vom Land bestanden, sie saßen in der Wohnküche zusammen und beschlossen es.

Er und sie waren beide noch nicht volljährig und benötigten eine Sondergenehmigung. Sie war inzwischen Siebzehn, er war Neunzehn. Die Amtsgerichte waren begeistert. Sie stellten aus, was das junge Paar wollte. Denn heiraten in Westberlin, der damaligen Frontstadt in einem unerklärten Kalten Krieg, das war angesagt, das wurde gefördert. Es war der Beweis dafür, dass es sich lohnte, hier in dieser Stadt zu leben und zu lieben und den Bedrohungen durch den mannigfachen Feind zu trotzen. Ihre Heirat war der Beweis dafür, auf der richtigen Seite zu sein.

Sie wurden zu zwei aktenkundigen Vorgängen. Aktenordner bekundeten ihre erfreuliche Existenz. Auch wenn sie weiter an das große Glück glaubten, die Dokumente belegten nur ihr kleines Glück.

Und wer sollte auf das Kind aufpassen?

Zwei Omas warteten schon darauf.

Als das Kind geboren wurde, zogen sie zusammen in eine winzige Wohnung, zwei Straßen weiter. Sie hatten nun ein Kind, ein Doppelbett, eine Radiotruhe mit Fernseher und einen Herd. Kein schlechter Anfang. Aber eben auch kein besonders guter.

Der Krieg war seit 15 Jahren zu Ende. Und die beiden hatten sich vor zwei Jahren kennengelernt. Sie schwammen mitten in der Weltgeschichte. Er hatte sich sowieso immer vorgestellt, dass er mit seiner Mutter am Couchtisch auf einer kleinen Schilfinsel saß, umspült von den Havelwassern inmitten des Rhinluch. Die sanften Wellen schoben sie immer weiter. Jetzt saß das Mädchen bei ihnen am Tisch, auf ihrem Schoß der gemeinsame Sohn.

Das junge Paar bekam zwar von der Stadt, wie jeder, der damals in Berlin heiratete und eine Familie gründete, ein „Ehestandsdarlehen“. Es bestand aus 3.000 Mark, wovon die Hälfte geschenkt, die zweite gestundet war. Das waren wahrhaftige, weltliche Segen. Aber bald spürten sie den Mangel. Und das Kind hielt sie nachts wach – wie kluge Kinder, die sich versichern wollen, nicht allein auf der Welt zu sein, es eben lieben.

Beider Nerven lagen bald blank. Das war es natürlich nicht, was sie sich darunter vorgestellt hatten. Der unsichtbar bleibende Gott des Glücks hatte sie ausgewählt, aber er hatte vergessen, sie auf dieses Glück vorzubereiten.

Sie verharrten im Alltag und sie beschlossen, die Omas noch besser einzubeziehen. Bald wuchs der Sohn bei ihnen auf.

Das war der Moment, in dem sich alles auflöste. Sie merkten es lange nicht. Es vollzog sich schleichend. Aber die Anzeichen mehrten sich.

Sie hatte plötzlich einen Begleiter. Er folgte ihr wie ein Schatten. Es handelte sich um den schlanken, gut aussehenden Amateurboxer aus dem italienischen Cattolica, der im Wedding boxte und als Hausmeister diente. Er war schon bei ihrer ersten gemeinsamen Party im Hintergrund aufgetaucht. Sie waren sich noch einige Male begegnet.

Er selbst spürte natürlich die Gefahr. Er wich aber aus. Er ließ sich als Zeitschriften-Drücker anheuern und zog wochenweise durch Westdeutschland. Wenn er nach Hause kam, war alles wieder gut und sie machten ausgiebige Pläne. Aber er ging wieder weg. Und der Amateurboxer stand vor der Tür und griente.

Es kam der Moment, an dem er in die Wohnung zu seiner Mutter zurückzog. Das Kind blieb bei ihrer Mutter und Tante. Er nahm einen Job bei der Post an und trug zweimal am Tag, in der Herrgottsfrühe und mittags, Briefe aus. Seine Mutter versorgte ihn. Er wurde volljährig. Das war ein Datum, das für ihn natürlich mehr bedeutete als der dramatische Mauerbau, der sich gerade vollzogen hatte.

Er trug noch immer Briefe aus. Dann wurde er „aus personalpolitischen Gründen“ entlassen, weniger wert als ein Brief, der immerhin irgendwo ankommen sollte.

Er fuhr wieder als Drücker nach Westdeutschland. Er kam zurück, traf seine Frau und nahm das Kind auf den Arm. Aber irgendwie war alles in die Schieflage gerutscht.

Sie hatte ihre Lehre beendet. Sie war jetzt ausgebildete Herrenschneiderin. Aber irgendwie war ihr Schwung weg. Er merkte es sofort, wusste aber nicht, woran es lang, aber sie kam nicht auf die Füße. Hatten all ihre Pläne und Perspektiven wirklich nur mit ihm zu tun gehabt, und nun, da ihre Liebe offensichtlich abkühlte, verlor sie ihre Mitte und ihren Lebenssinn?

Er dachte darüber nach. Aber unkonzentriert und unwirsch. Er kam zu keinem Ergebnis, denn es ist schwer, sich selbst als Grund für irgendetwas zu erkennen.

Sie ließ sich als Abnahmemannequin anstellen, musste also die Kollektion von Zwischenhändlern bei Markenfirmen und Großabnehmern anbieten. Es war nicht das, was sie eigentlich wollte. Denn dabei waren zu viele Hände im Spiel. Hände an der Kollektion, Hände an ihrem Körper. Aber sie machte es. Es machte ihr immer noch Spaß, sich zu bewegen und gesehen zu werden.

Einmal bat sie ihn, einen zudringlichen Arbeitskollegen in die Schranken zu weisen. Er hatte sie belästigt, es war ihr nicht gelungen, ihn auf Abstand zu halten.

Sie bestellte ihn in der Mittagspause vor ein Lokal, wo sie essen wollte. Er trat vor den Kollegen, stieß ihm die Hände vor die Brust und sagte ihm ganz kalt, ganz freundlich, er würde ihn umbringen, wenn er seine Hände nicht von ihr ließ. Der Mann sah ihn überrascht an. Es war ein Moment, in dem alles Weitere durchgespielt wurde. Spiel, Kampf, Hass, Gleichgültigkeit. Dann flackerte der Blick seines Gegenübers für einen Moment. Dann grinste er triumphierend, machte kehrt und ging davon.

Wieder hatte er sie gewonnen.

Aber irgendetwas Fremdes hielt in dieser Zeit Einzug. Etwas das sie zu spät bemerkten und nicht begriffen.

Und gleichzeitig, als seien solche Zusammenhänge selbstverständlich, legte ihr Körper sich einen Panzer zu. Sie wurde dick.

Wenn er von irgendwoher zurückkam, kannte er sie manchmal kaum wieder. Zunächst liebte er es noch, ihre vertrauten Reize nun irgendwie vergrößert zu genießen, es erhöhte das Vergnügen durchaus. Etwas ging mit ihr vor, das einen seelischen Hintergrund besaß.

Es war klar – sie trauerte.

Etwas entglitt ihr.

Sie verschwand für Wochen aus Berlin. Er erfuhr von ihrer Mutter wohin, oder auch von Postkarten, die sie ihm schrieb.

Er las die Postkarten. Aber in sich fühlte er keine Stärke, am Zustand seiner ihm anvertrauten Frau etwas zu ändern. Er half ihr nicht.

Sie ließ sich als Bardame anheuern. Vorwiegend in Ami-Kneipen Westdeutschlands. Es gab Regionen wie Rheinland-Pfalz, wo amerikanische Soldaten massenhaft stationiert waren. Deutsche Bardamen standen bei den GI's hoch im Kurs, solche Fräulein spukten schon lange in ihren Köpfen herum. Damit eben auch seine Frau.

Er zog los, sie zog los. Manchmal trafen sie sich wieder in Berlin. An Scheidung dachten sie nicht. Sie ließen alles laufen.

Einmal kam er von einer Tournee zurück, bei der er in einer Drückerkolonne mit dem italienischen Staatszirkus „Heros" durch das ganze Land gezogen war – von Bremen bis Freiburg. Er hatte dabei jede Menge gescheiterter Existenzen und untergetauchter Nazis kennengelernt. Sie arbeitete als Bardame in Berlin-Tegel an den Ausflugs-Promenaden. Er besuchte sie. Sie war aufgeschwemmt, schlecht gelaunt. Sie stritten sich stumm. Er ging schnell nach Hause. Danach sahen sie sich lange Zeit nicht. Er holte nur das Kind häufiger zu sich. Seine Mutter kümmerte sich aufopfernd um den Sohn.

Das Kind sah aus wie eine Kleinausgabe von ihr. Deshalb liebte er ihn besonders. Er ging mit ihm in den Zoo und setzte ihm einen jungen Löwen auf den Schoß. Er besuchte mit ihm die Sternwarte Dahlem, und zeigte ihm die Welt über unseren Köpfen, alles das, woher wir kamen und wohin wir eines Tages gehen werden, als ganz gewöhnlicher Sternenstaub in den Galaxien. Er nahm ihn mit auf den Fußballplatz und in den Sportpalast.

Und nach all diesen schönen Momenten beschloss er, sich von ihm zu trennen.

Er wollte ihn nicht mehr.

Er gab ihn zurück.

X.

Man kann sie sehen. Sie versucht, in einer Stadt in der Pfalz als Kneipenmädchen zu arbeiten. Sie macht den Besatzungssoldaten Freude, dabei ist sie gerade dabei, sich selbst zu verlieren.

Wie kann das gelingen, wenn jemand wie sie aus Trauer Freude empfindet? Bittersüß sind ihre Tage in der hässlichen Stadt. Die Stadt ist ungehobelt, die Häuser in den holprigen Straßen stehen achtlos herum, sie bilden keine Mitte.

Sie sehnt sich nach allem zurück, was ihr gerade fehlt. Aber trotz dem sie alles in Berlin zurückgelassen hat, und nun auch noch von seinem Verrat hört, fühlt sie sich stark genug.

Er hat sie verraten. Er hat sie verlassen, ihr Kind verlassen, ihre Ehe zerstört. Unvorstellbar: er gibt den gemeinsamen Sohn zurück! Schon nach so kurzer Zeit ihres gemeinsamen Lebens stehen sie sich nun kalt gegenüber. Sie muss alles neu sortieren. Aber dazu müsste sie noch einmal ganz an den Anfang zurück. Und das kann sie nicht. Denn sie muss ihren Dienst ableisten. Sie spült die Gläser hinter dem Tresen. Wenn ein Gast kommt, lächelt sie ihm zu. Sie mixt Cocktails. Der Gast tippt sich ans Käppi, rückt die Uniform zurecht und erklimmt den Barhocker. Die Musik dröhnt. Sie wird bezahlt und deshalb wird sie für Stunden ihren Platz in der Kneipe nicht mehr verlassen.

Und das jeden Tag. Wochenlang.

Von ihm her gesehen, ist sie im Westen des Landes. Irgendwo untergetaucht in einer fremden Welt. Vielleicht geht es ihr blendend. Aus ihrer Sicht ist sie hier, in diesem rüden Milieu gestrandet. Festgehalten von der Notwendigkeit, Geld zu verdienen. Ein neuer Anfang ist dabei nicht in Sicht. Es geht nur alles immer so weiter.

Und doch müssten sie jetzt ihre Krise lösen. Denn alles steht ja auf der Kippe. Jetzt wäre es notwendig, eine genaue Vorstellung von ihrem Leben zu haben. Und gemeinsam zu handeln.

XI.

Zur gleichen Zeit ist er mit den Drückerkolonnen unterwegs. Ein Zustand, der ihn immer weiter von seiner Frau entfernt.

Er fährt nach einiger Zeit der Belehrungen im Sammelkleinbus Richtung Bergisches Land. Dort erhalten er und die anderen Mitglieder der Gruppe eine weitere Instruktion und lernen die Produkte kennen, die sie verkaufen sollen. Es sind Zeitschriften, die er nicht mal vom Hörensagen kannte, aber auch renommierte Periodica als Flaggschiffe. Man quartiert die fragwürdigen Existenzen aus Berlin in einfache Pensionen ein und am Morgen geht es in die Vorstädte. Tagsüber ist jeder auf sich allein gestellt, am frühen Abend trifft man wieder zusammen. Dann werden die Abschlüsse ausgezählt – und die Prämien dafür ausgezahlt.

Noch lange erinnerte er sich an den ersten Tag.

Sie saßen in der Frühstückslobby einer kleinen Pension in Wuppertal. Er blickte aus dem Fenster. Draußen pulsierte das Leben. Über ihren Köpfen ratterte die Schwebebahn. Und aus dem Hotelradio ertönte „She loves you – yeah, yeah, yeah!“ von den Beatles.

Sie waren zu zwölft. Ein bunter Haufen, das lässt sich sagen.

Unter ihnen war eine junge Frau, die sich als Epileptikerin herausstellte. Drei Tage lang bekam sie beim Frühstück ihre Anfälle. Sie kotzte das Essen über den ganzen Tisch und fiel dann schließlich selbst darauf. Nach ein paar Minuten war alles vorbei, und sie blickte alle der Reihe nach freundlich an wie eine Personalberaterin bei einem Kennenlerngespräch. Am dritten Tag betraten Polizeibeamte den Raum und nahmen sie mit. Sie war aus einer psychiatrischen Anstalt ausgebrochen. Er schämte sich lange dafür, ihr nicht geholfen zu haben. Denn er fragte sich, was eine Epileptikerin in einer geschlossenen Psychiatrie zu suchen hatte? Damals, in der ersten Hälfte der 60er Jahre, stellte man sich diese Frage noch nicht.

Der Einsatzleiter war immer schwarz gekleidet und besaß eine straffe, geölte Frisur. Er sprach nur das Nötigste. Seine Lebensgefährtin war mit von der Partie. Sie war dünn, fahrig und aufgekratzt. Abends zog sie sich in ihr Hotelzimmer zurück und trank 14 Fläschchen Underberg. Immer 14 Fläschchen. Wer zufällig in ihr Zimmer musste, sah die leeren Flaschen, ordentlich aufgereiht an der Kante des Couchtisches. Im Verlauf der Tournee wurde sie immer fahriger. Dann verschwand sie.

Dann war da noch ein junger Mann aus Gießen, ein abgebrochener Psychologie-Student. Er zog eines Morgens eine Pistole und bedrohte alle. Sie war geladen. Er schoss in die Zimmerdecke. Dann beruhigte er sich wieder. Er entleerte die Trommel des Revolvers und schenkte ihm die Waffe. Er trug sie lange mit sich herum.

Sie waren skrupellos, denn sie fühlten sich frei – und ausgebeutet.

Sie waren Söldner in Feindesland. Sie verkauften Blinden ein zwanzigbändiges „Lexikon des Wissens“ und alten Frauen einen Jahresvertrag inklusive Zehn-Platten-Spieler mit den neuesten Rockhits. Ausländer, die weder lesen noch schreiben konnten, bekamen von ihnen eine unkündbare Mitgliedschaft in einem deutschen Lesering aufgebrummt. Hauptsache war, dass man „Scheine“ machte. Wer die meisten vorweisen konnte, rückte in der Hierarchie auf. Er wurde eine Art Kapo in einem SS-System.

Als sie mit dem Zirkus „Heros“ durch die Gegend zogen, gab es bei einer Abendvorstellung ein so schweres Gewitter, dass die Stützbalken brachen und allen das Dach auf den Kopf fiel. Ein Drücker starb, zwei kamen ins Krankenhaus. Viele aus dem Publikum waren verletzt. Die Tournee wurde jedenfalls nicht abgebrochen. Sie zogen – beinahe unbeeindruckt – weiter. Eine knappe Woche später brannte nachts das Zirkuszelt ab. Es blieb nur ein Haufen Asche und viele traumatisierte Tiere. Damit war die Tournee beendet.

Das Geschäft des „Drückens", bei dem es darum geht, widerstandslosen Menschen ein Abo für irgendwas aufzudrücken, wenn sie Pech haben, ohne Widerspruchsrecht, setzte ihn in einen seltsamen Zustand. Er wurde zu einem Desperado, das ist klar, Regeln galten nicht. Er war euphorisiert, wenn er morgens mit den anderen ausschwärmte, um in biedere Vorstädte einzufallen. Sie hofften auf alleinstehende Frauen, die sie becircen konnten. Er maß sich an jeder Haustür mit dem Gegenüber. Er hasste diejenigen, die ihn kaltherzig abblitzen ließen. Und welch ein Triumph, wenn es ihm gelang, eingelassen zu werden. Dann der Moment, wenn er einen Abschluss machte. Der Moment, in dem der Andere die Bestellung unterschreibt, obwohl er das überhaupt nicht will! Er fühlte sich überlegen, als besäße er Staatsgewalt. Und er hatte ja auch durchaus psychologisches und taktisches Feingefühl bewiesen, er war in der Lage, sich in das Gegenüber einzufühlen, wenn auch nur, um es zu überrumpeln. Er hatte jemanden besiegt, bevor dieser ihn besiegen konnte! Wenn die Verabschiedung dann noch freundlich war, dann konnte er wirklich einen Sieg feiern. Er hatte einfach gewonnen – und das Gegenüber hatte verloren und merkte es nicht mal.

Aber es war natürlich ein jämmerliches, ein schäbiges Geschäft. Für beide Seiten. Das war ihm immer klar. Aber Skrupel empfand er nicht. Er kam aus einem Milieu, in dem dies nur eine Variante war.

Bei glühender Hitze in Göppingen,

bei strömendem Regen in Ulm, in Bremen bei Wind und Wetter, im Bergischen Land bei Wuppertal an kalten Morgen, im Breisgau bei freundlich-überlegenen Menschen, die ihm die Tür lächelnd vor der Nase zudrückten. In Hattingen, Oldenburg, Balingen, Geislingen, Rottenacker angesichts von Gegenübern, die noch nicht wissen, ob sie die Bluthunde von der Leine lassen sollen oder ihm Sex anboten. Er stand nicht nur vor Türen, er schlich durch alle Wohnzimmer, an Schlafzimmern vorbei, blickte in den problematischen Alltag von vielen. Er blickte als Drücker in das tiefste Herz der deutschen Provinzen und ihrer angsterfüllten Bewohner.

Wenn er von solchen Ausflügen in die Egomanie nach Berlin zurückkam, nahm er seinen Sohn auf den Arm. Aber immer öfter war dieser gar nicht greifbar. Seine Frau und ihr neuer Begleiter behüteten ihn. Vor allem der Amateurboxer aus Cattolica achtete zunehmend darauf, dass er ferngehalten wurde. Seine Frau konnte unterwegs sein, oder auch nicht – die neuen Verhältnisse nahmen Formen an und führten zu seinem Ausschluss.

Er liebte seinen Sohn wie sich selbst – aber auch nicht mehr. Richtungslos wie er war, sah er sich zunehmend weniger in der Lage, ein guter Vater zu sein. Er hatte kein Geld, keine Ausbildung, keinen ernstzunehmenden Job. Und was viel schlimmer war: Er besaß das Weltbild eines Wolfskindes. Er merkte selbst, wie er sich immer stärker von den bürgerlichen Projekten entfernte.

Die schönen Jahre waren vorbei. Der Amateurboxer spielte dabei keine Rolle, er war einfach nur da. Etwas anderes kam ihm in die Quere.

Es war die Literatur.

XII.

Wenn der Weddinger Junge der Literatur begegnete, in welcher Form auch immer, am einfachsten mit einem Buch, und sei es ein

Schulbuch, dann ging in ihm etwas Seltsames vor, es war beinahe erschreckend.

Er verwandelte sich als Person. Äußerlich noch ähnlich, wurde alles in ihm anders. Seine Sinne gehörten ihm nicht mehr. Er las oder hörte einige Sätze eines literarischen Erzählers, und schon merkte er nicht mehr, wie er den Atem anhielt, einige Zeit lang, dann weiter atmete, dann aus seiner Haut schlüpfte, dann neben sich stand.

Oder neben sich saß, wie während der Schulstunden.

Anfänglich waren die Klassenräume in den Schulen seines Stadtteils dunkel. Die Fenster ohne Glas und mit Stoffen verhängt. Nur von

Zeit zu Zeit drangen Sonnenstrahlen in den Raum. Sie glitten über die Sitzenden. Unter ihren tastenden Fingern begannen die Kleidungsstücke auf den Körpern der Kinder bunt zu werden. Die matten Farben glühten. Die Sonnenstrahlen erzählten ihre eigene, ganz andere Geschichte. Sie tasteten weiter über die Gesichter, über den Staub auf den Köpfen, wo sich am Morgen in den Haaren noch Nester von Läusen und Milben gebildet hatten, danach hatten unförmige Spritzen aus dünnem Holz, aus denen man Wolken von Giftpulver über die Köpfe der Kinder sprühte dafür gesorgt, dass die Ungeziefer abstarben und herausgekämmt werden konnten. Und gleich nach den ersten Sätzen eines Dichters, ein Gedicht, Sätze einer Erzählung, während er die nachfolgenden Lektionen im Schulbuch las, die von irgendeinem Thema handelten, von geometrischen Formen oder historischen Taten, spürte er, wie groß die Welt jenseits der Schulbänke war.

Während der Schüler weiter atmete, den Geruch der Entlausungsmittel in der Nase, lösten sich seine Blicke von der Schrift des Unterrichtsstoffes. Er ließ seine Blicke durch den Unterrichtsraum wandern. Die Stimme des Lehrers verhallte allmählich. Ein anderer Ton begann, seine Wahrnehmung zu weiten. Der Unterrichtsstoff war nur noch als ein Unterton vorhanden, als Aufgabenstellung von müden, überforderten Erwachsenen, wie ein dünner Schatten im kostbaren Sonnenlicht dieses Vormittags. Wichtiger erschien ihm, während leise eine andere Stimme in ihm aufstieg, die etwas in gereimten Worten rezitierte, diese Wahrnehmung heller Streifen des Lichts von den Fenstern her. Eine andere Erzählung, unterlegt von wohlklingenden, wenn auch beunruhigenden Worten.

Er wusste plötzlich, dass diese fast schmerzlich intensive Wahrnehmung ihn unangreifbar machen würde. Sie schuf eine Welt, die ihm gehörte. Er war nicht mehr ausgeliefert, nicht mehr ausgesetzt in der Fülle der Zumutungen von draußen, der alltäglichen Aufgaben, der Zensuren, der Zurechtweisungen, der Verpflichtungen, in denen fremde Gesetze regierten. Die Angst verließ ihn, angesehen, bewertet und angeklagt zu werden, heraus gestellt zu werden, wo sein Versagen deutlich wurde. Er würde sich zukünftig widersetzen. Er würde mit dem Finger auf seine Welt weisen, die nur ihm gehörte, auch wenn noch andere Stimmen darin sprachen. Vielleicht nahm auch nur er diese andere Welt mit ihren ureigenen Erzählungen, mit Sprache und Licht wahr.

Und augenblicklich hob er die Hände und blickte durch die Finger in Richtung des Lichts und staunte wie ein Puppenspieler über die Strahlen, die durch die Fenster eindrangen und miteinander spielten, die seine Hände durchsichtig machten und zwischen den Fingern ein eigenes Leben simulierten.

Bis ihn der Lehrer anstieß, ihm eine Kopfnuss verpasste und sagte: Pennst du wieder!

Dann war es vorbei mit der Literatur.

Aber eben nur für den Moment.

XIII

Er hatte also, trotz aller prekären Verhältnisse, schon in der Schulzeit einen Sinn für das Poetische. Das waren leibhaftige Erfahrungen. Kein Wunder, dass er eines Tages auch die richtige Literatur entdeckte, so wie sie in den Büchern stand. Es war die Zeit, als er das Mädchen kennenlernte. Und es, wie schon erwähnt, stand den Büchern sehr fern. Das Lesen und das Schreiben bedeuteten ihr nichts.

In seiner Situation, hätten es auch die beiden anderen Türöffner aus der plebejischen Misere sein können, Sport und Musik. Mehr oder weniger zufällig unterzog er sich der Belehrung durch die ihm bis dahin unbekannte und sehr mysteriöse Welt der Literatur.

Jeder der lesen kann, begreift

Worte auf dem Papier. Aber wenn es sich um Literatur handelt, dann verstören und beunruhigen die Worte plötzlich. Es entsteht unversehens eine Ahnung von einem verborgenen Sinn hinter den Worten. Man begibt sich auf die Suche nach Hinweisen, um dahinter zu kommen. Es dauerte deshalb einige Zeit, bis ihm die Literatur zum Lebensmittel wurde.

Poesie ist das, was übrig bleibt, wenn die Information ihren Zweck erfüllt hat. Poesie ist also alles andere, vor allem in der Gefühlswelt, jenseits der bloßen Mitteilungen. Kein Wunder also, dass sich ein Weddinger Junge, der halbwegs bei Verstand, sensibel und aufgeschlossen war, und der die Abgründe im Alltag der Nachkriegsrealität inmitten der Ruinen bereits kennengelernt hatte, in die Poesie flüchtet.

Er lernte die Lyrik von Georg Trakl kennen und las alles, was ihm in die Finger fiel, ohne es zu verstehen. Und er traktierte seine Umwelt damit. Es grenzt an ein Wunder, dass der damalige Wedding ihn nicht als Ketzer öffentlich verbrannte. Auch sein Mädchen, solange er noch mit ihr zusammen war, tolerierte durchaus seinen Wahn.

Er konnte die Prosa Trakls auswendig und auch die meisten Gedichte. Natürlich besaß er alle Buchausgaben – Trakl hinterließ nur ein schmales Werk. Er beschaffte sich auch die Zeichnungen und Radierungen von Alfred Kubin, der das Werk Trakls mustergültig illustrierte. Jedes einzelne Blatt aus Kubins Mappen schnitt er heraus und bepflasterte damit den Flur der mütterlichen, später auch ihrer ehelichen Wohnung. Am Anfang besaß er ja einen langen Flur mit blasser Rolltapete. Und nun: Welch eine düstere Galerie abseitiger Motive und Träume! Welch sichtbar gewordene seelische Offenbarungen und dramatische Untergänge!

Zeitweilig wohnte auch sie schon in seiner Wohnung. Immer dann, wenn sie zuhause nicht zurecht kam. Auch seine Schwestern zogen ein und aus. Es war eine lebendige Herberge mit langem Flur, düsteren Gedichten und erschreckenden Bildern, untermalt vom schwachsinnigen Siegbert, der über ihnen herum galoppierte. Das Mädchen und auch seine Mutter schienen ihn durchaus heimlich zu bewundern für seinen literarischen und künstlerischen Tick, vielleicht bedauerten sie ihn auch.

Georg Trakl und Alfred Kubin waren die ersten Säulenheiligen seiner neuen literarischen Tempel. Anfangs verstand er keinen von beiden. Irgendwie ahnte er aber, dass es jene fremde Welt war, die ihn eines fernen Tages beherbergen würde. Er würde dorthin emigrieren. Und wie es so ist, allmählich wuchs er in die Welt hinein, die er mit zunächst verständnisloser Inbrunst vor sich ausbreitete, weil man Hüter dieses Areals ist, zu dem kein anderer Zutritt hat. Es gab plötzlich einen Tag, an dem Trakls Gedichte tatsächlich zu ihm sprachen, und er begann sogar, sie zu lieben. Und er phantasierte sich dahin, dass er irgendwann Vorträge halten würde über den Dichter der einsamen Räusche, der beängstigenden Farben, der gründlichen Abstürze und der bizarren Bilder.

Aber von Trakl und Kubin musste er sich auch wieder lösen. Vor allem in jungen Jahren kann eine solche Fixierung gefährlich werden wie eine Drogenabhängigkeit. Man driftet ab in seltsame, albtraumhafte Gefilde, in ein schauriges Licht, in irrlichternde Begegnungen. Aber das betrifft einen Großteil der Literatur – das ist ihre Stärke. Er hatte sich insgesamt ein gefährliches Hobby ausgesucht.

Literatur, gar das eigene Schreiben, wurde ganz langsam für ihn zur Ersatzdroge. Er zog sich darin zurück, erklärte die reale Welt für schäbig und stilisierte sich als Figur der geheimnisvollen Worte, der abgründigen Gefühle, der genialischen Phantasien. Währenddessen schickte sich seine Welt an, in Trümmer zu fallen – oder zumindest die eigene, kleine Welt, mit Familie, Frau und Kind.

Er hatte also seinen Sohn zurückgegeben. Und er ließ seine Frau allein, die irgendwo, in einer moralisch fragwürdigen Stadt, Thekendienst machte.

Das Paar ließ sich scheiden. Vor dem Landgericht Moabit, wurde er für schuldig erklärt, einer von rund hundert Scheidungsvätern pro Tag. Und er war es, der den Schaden zahlen musste.

Seine Frau kam zurück und heiratete den Amateurboxer von der Adria. Sie bekamen ein weiteres Kind.

Und er zog weiter.

Er ahnte schon, dass er eine typische Verliererbiographie besaß. Ja, es wurde ihm zur Gewissheit.

Für seine Frau war er offenbar nur noch eine Episode aus der Vergangenheit, an die sie sich ungern erinnerte. Ob sein Sohn ihn vermisste, wusste er nicht.

Aber er war sich geradezu schmerzhaft des Vakuums bewusst, in dem er stand. Er hatte die Spur ausgelöscht, die er bisher hinter sich sehen konnte. Es war ein Augenblick der Leere, nicht als Abgrund, sondern der Abwesenheit von jedem Zwang. Er konnte alles tun. Er konnte sich festlegen oder auch nicht. Er konnte alles offen lassen.

Er war frei.

So lebte er hin ....

XIV.

Es soll nicht verschwiegen werden, dass sich ihre Wege später noch zweimal kreuzten.

Das gehört zu dieser kleinen Liebesgeschichte dazu, es zieht sie ins Posthume und setzt den Grabstein. Und doch bleibt alles in Erinnerung als etwa Schönes, das für einen Moment aufschien. Etwas, das nur diesen beiden Menschen widerfuhr, einzigartig. In diesen Momenten des Glücks erfanden sie die Liebe zwischen Menschen auf dem Erdenrund.

An einem der Tage, Jahre später, traf er sie also wieder. Sie wohnte inzwischen mit ihrer Familie in der Nähe des Krematoriums.

Was für eine Aufregung! Und welche Enttäuschung!

Sie klingelte, er öffnete.

„Hallo! Komm doch herein!“

Sie begrüßten sich scheu. Aber andrerseits war alles vertraut.

Sie begann zu erzählen. Nach drei Stunden hörte sie auf – und verabschiedete sich.

Sie wohnte also in einer neuen Weddinger Wohnung mit Ehemann und zwei Söhnen. Also mit dem Boxer aus Cattolica, mit seinem Sohn und dem Sohn des Boxers. Sie konnte vom Balkon aus auf das Krematorium blicken, in dem seine Mutter verbrannt worden war. Sie lieferte ihren Bericht ab. Sie wollte ausdrücken, dass alles andere Vergangenheit war. Und dass er in ihren neuen Lebensumständen überhaupt keine Rolle spielte. Das akzeptierte er natürlich. Er wollte ja gar nichts anderes. Aber sie war offenbar unsicher. Wehmut schwang in ihrer Stimme mit. Deshalb ihre wasserdichte Schilderung.

„Also, mach's gut! Vielleicht mal bis bald!“

Als sie weg war, hielt er den Atem an. Das war es also, was von einem gemeinsamen Leben blieb – ein hastiger Bericht in unvollkommenen Sätzen. Der Blick zur Eingangstür, als könnte die Vergangenheit jeden Moment eintreten. Das entsagungsvolle Lächeln, weil nichts mehr so war wie früher. Die trotzigen Gesten, mit denen man seine neue Gegenwart legitimiert.

Auch für ihn war ja die Gegenwart in Berlin etwas Neues, Voraussetzungsloses – wie er dachte. Er war allein und entdeckte die Stadt neu. Neukölln, wohin er gezogen war, war nicht der Wedding. Gegenüber dem noch immer trostlosen Wedding, in dem er nur manchmal herum spazierte, war der Stadtteil geradezu bürgerlich. In den Wedding verirrte sich kein einziger Tourist. Nach Neukölln kamen viele.

Er traf seinen Sohn. Sie fuhren in der U-Bahn zum Kurfürstendamm. Der Sohn wollte seinen Fahrschein unbedingt selber bezahlen. Er wollte viel von ihm wissen. Er versuchte, zu antworten. Der Sohn war offen, blieb aber auch auf eine scheue Art misstrauisch. Er hatte kein Recht zu irgendeiner Beschönigung, also versuchte er das erst gar nicht. Der Sohn akzeptierte das.

Alles was sie voneinander wissen wollten, war nun gesagt. Jeder konnte sich in sein Leben zurückziehen.

Mit ihr traf er später noch einmal auf eine Art und Weise zusammen, die ihrer gegenseitigen Fremdheit entsprach. Sie trafen sich – aber erkannten sich nicht.

Er sah sie am Mittag auf der Straße vor seinem Mietshaus. Sie fiel ihm auf als eine Frau mit ondoliertem Haar und dicker Schminke.

Sie bewegte sich auf eine eckige und aufreizende Weise. Er wendete sich ab.

Am Abend bekam er einen Anruf. Er glaubte, die Stimme zu kennen, verband sie aber mit einer anderen Person – mit einer Frau, die seit Wochen hinter ihm her war, und er war genervt. Sie meldete sich mit einem koketten: „Na, du weißt ja wohl wer ich bin, wie? Ich möchte nur mal nach dir schauen ..."

„Lass mich endlich zufrieden", schnauzte er und knallte den Hörer auf.

Kurz danach traf ihn die Erkenntnis wie ein Stich mit einem glühenden Messer. Es war sie gewesen – sie!!

Und die Bestätigung kam ein paar Tage später, als eine Bekannte ihm davon erzählt, dass sie zu Besuch gewesen war und hoffte, ihn zu treffen.

Sie war todkrank. Und sie starb zwei Wochen später.

Sie wurde in dem Krematorium verbrannt, auf das sie von ihrem Balkon aus hatte schauen können. Dort, wo auch schon seine Mutter verbrannt worden war.

Dieses Krematorium, in dem ihr Sarg in die Flammen geschoben wurde, lag also mitten in ihrem gemeinsamen Kiez. Man bemühte sich stets, die Leichen nachts zu verbrennen. Aber oft genug, wenn er als Schuljunge morgens in die benachbarte Grundschule gegangen war, hatte er schon hinüber geblickt, und meistens war Rauch aufgestiegen. Das Krematorium Wedding war ein befremdlicher Ort. Ein mythischer Ort. Dass am 21. Juli 1944 die Hitler-Attentäter um Graf Stauffenberg hier verbrannt worden waren, nachdem die Nazis sie im Bendlerblock Tiergarten hingerichtet hatten, das wusste er noch nicht. Er dachte nur an das Verbrennen seiner Mutter. In diesem Ofen. In der Ruheplatzstraße.

Er besuchte ihr Grab mit der Urne. Er stand davor und war blind. Keine Trauer. Vielleicht Selbstmitleid. Das Grab war von Blumen und Kränzen übersäht. Er legte einen Strauß roter Rosen dazu.

An diesem Ort im Kiez, in der Nachbarschaft von Wohnung und Grundschule, hatte er schon in seiner Jugend Gegebenheiten des Schicksals, wie Hinfälligkeit und Tod nicht akzeptieren wollen. Er sah nur die soziale, also die veränderbare Welt. Jetzt sah er den Friedhof als einen Ort für die Lebenden, die den Tod nicht akzeptieren, aber gelernt haben, dass man ihn hinnehmen muss.

An einem solchen Ort ist die Gegenwart des Todes tröstlicher, die Schwelle des Übergangs niedriger. Wenn der Hades gleich nebenan liegt, zwischen Balkon und Grundschule, Wohnhaus und Kebabhaus, verliert er seinen Schrecken.

Er traf sich noch einmal mit seinem Sohn. Sie besuchten gemeinsam das Grab. Als sie sich trennten, lächelte der Sohn.

BERNDT SCHULZ
SCHÖNE GRÜNE WELT
Episoden vom Land
ROMAN
Softcover, 194 Seiten
ISBN 978-3-946112-36-5 , 14,00 EUR
E-Book ISBN 978-3-946112-43-3, 11,99 EUR

BERNDT SCHULZ wurde an den mäandernden Ufern der Havel geboren und wuchs in gewalttätigen Berliner Verhältnissen auf. In seinem autobiografischen Roman *„Den Atem anhalten“* erzählt er, wie er sich durch Schreiben und Literatur aus einer sprachlosen Welt befreite. Er verfasste eine Reihe von erfolgreichen Krimis und Historischen Romanen und zog mittlerweile raus aufs Land. Dort lebt er auf einem Alten Pfarrhof und versucht in einem umgerüsteten Zirkuswagen, die inspirierenden Erfahrungen des Neuen Landlebens schriftstellerisch zu verarbeiten.

REIHE K

MATHIAS SCHERER
ERSTLINGSWERK
Ein Wiesbaden-Krimi
Festeinband, 112 Seiten
Format: 9 x 12,5 cm
ISBN 978-3-946112-25-9, 9,00 EUR

Bisher erschienen: edition federleicht

PETER JABULOWSKY
LENA
Zwischen Liebe und Intrige
ROMAN
Softcover, 308 Seiten
ISBN 978-3-946112-61-7, 14,95 EUR

JONAS ZAUELS
BOHÈME
ROMAN
Softcover, 270 Seiten
ISBN 978-3-946112-58-7, 14,00 EUR
E-Book ISBN 978-3-946112-64-8, 10,99 EUR

JANNIS RAPTIS
ELASPHERA
Band 1 – Der Fall des Kaisers
ROMAN
Softcover, 876 Seiten
ISBN 978-3-946112-48-8, 19,00 EUR
E-Book ISBN 978-3-946112-65-5, 15,99 EUR

BIRGIT SINGH-HEINIKE
KINARE UND DIE UMARMUNG
DER UNENDLICHKEIT
ROMAN
Softcover, 288 Seiten
ISBN 978-3-946112-54-9, 14,50 EUR

PATRICK WEBER
DER PFAD DES
EWIGEN FEUERS
ROMAN
Softcover, 480 Seiten
ISBN 978-3-946112-34-1 , 16,80 EUR
E-Book ISBN 978-3-946112-39-6, 12,99 EUR

PATRICK WEBER
DER BOTE
DES JÜNGSTEN GERICHTS
ROMAN
Softcover, 390 Seiten
ISBN 978-3-946112-24-2, 14,80 EUR
E-Book ISBN 978-3-946112-40-2, 11,99 EUR

JOHANNES CHWALEK
GESPRÄCHE AM TEETISCH
ROMAN
Softcover, 198 Seiten
ISBN 978-3-946112-35-8 , 13,00 EUR
E-Book ISBN 978-3-946112-42-6, 10,99 EUR

DANA POLZ
DER SCHMIERFINK
ROMAN
Festeinband, 275 Seiten
ISBN 978-3-946112-09-9, 16,00 EUR

ANTHEA BISCHOF
DES ZIMMERMANNS SOHN
Von Blut und Wein
NOVELLE
Softcover mit Klappen, 245 Seiten
ISBN 978-3-946112-33-4, 15,00 EUR

CARINA SCHMIDT
WAS WISSEN HEILIGE VOM LEBEN
ERZÄHLUNGEN
Softcover, 156 Seiten
ISBN 978-3-946112-55-6, 13,00 EUR

SUSANNE KONRAD
WALZER MIT MR. SPOCK
ERZÄHLUNGEN
Softcover, 152 Seiten
ISBN 978-3-946112-53-2, 12,50 EUR

CHRISTIANE WIDROWSKI
JEDES JAHR EIN
SCHMETTERLING
Mit Gemälden von Brigitte Struif
ERZÄHLUNGEN
Softcover, 160 Seiten
ISBN 978-3-946112-28-0, 14,50 EUR

IRENE BARTHEL
EINEN PULSSCHLAG LANG
ERZÄHLUNGEN
Softcover, 138 Seiten
ISBN 978-3-946112-12-9, 13,00 EUR

MATHIAS SCHERER
VOM IRRWITZ DES ALLTAGS
ERZÄHLUNGEN
Softcover, 210 Seiten
ISBN 978-3-946112-14-3, 15,90 EUR

KARINA LOTZ
WortRaum
ERZÄHLUNGEN
Softcover, 108 Seiten
ISBN 978-3-946112-00-6, 9,00 EUR

THOMAS BERGER
AUF DICHTERSPUREN
Literarische Annäherungen
Illustrationen von Denis Mohr
BIBLIOPHILE AUSGABE
Festeinband mit Schutzumschlag
und Leseband, 464 Seiten
ISBN 978-3-946112-52-5, 34,00 EUR

THOMAS BERGER
WILHELM BUSCH
BEKANNT UND UNBEKANNT
ESSAY
Softcover, 48 Seiten
ISBN 978-3-946112-57-0, 8,00 EUR

THOMAS BERGER
GUTENBERG UND DIE REFORMATION
Ein folgenreiches Bündnis
ESSAY, REIHE V
Softcover, 64 Seiten
ISBN 978-3-946112-32-7, 6,50 EUR

THOMAS BERGER
ALBERT CAMUS
ABSURDITÄT UND GLÜCK
ESSAY
Softcover, 88 Seiten
ISBN 978-3-946112-01-3, 9,50 EUR

SONST GEHT ES MIR NOCH GUT
FELDPOSTBRIEFE VON
GEORG ROLLY
10. Mai 1940 bis 2. Februar 1944

Festeinband mit Leseband, 336 Seiten
Herausgeberin: Eva Schlingmann
ISBN 978-3-946112-45-7, 28,00 EUR

KARINA LOTZ
ALLES AUF EINER KUHHAUT
Heitere Verse
Mit Illustrationen von
Denis Mohr
Festeinband mit Schutzumschlag
128 Seiten, Format: 18 x 27 cm
ISBN 978-3-946112-17-4, 18,00 EUR

THOMAS BERGER
KURIOSE BEGEGNUNGEN
Tierisches & Menschliches
REIMGEDICHTE
Softcover, 106 Seiten
ISBN 978-3-946112-05-1, 15,00 EUR

THOMAS BERGER
ORTE UND WORTE
IMPRESSIONEN
GEDICHTE und FOTOGRAFIE
Softcover, 86 Seiten
ISBN 978-3-946112-19-8, 12,80 EUR

DAVID H. RICHARDS
MOSAIKO
GEDICHTE
Softcover, 106 Seiten
ISBN 978-3-946112-62-4

IRENE BARTHEL und
KARL PEIFER
FARBEN DES HORRORS /
COLOURS OF HORROR
Impressionen in Worten /
Impressions in Words
Impressionen in Öl auf Leinwand /
Impressions in Oil on Canvas
Softcover, 60 Seiten
ISBN 978-3-946112-03-7, 16,90 EUR

... IM LEBEN / ... IN LIFE
ANTHOLOGIE
Festeinband, 48 Seiten
ISBN 978-3-946112-27-3, 12,00 EUR

TONY BÖHLE
PLAYLIST
TANKA
Mit Illustrationen von Valeria Barouch
Softcover mit Klappen, 84 Seiten in Farbe
ISBN 978-3-946112-56-3, 18,00 EUR

RENATE DIEFENBACH
LYRISCHE REISEN
HAIKU
Festeinband, 68 Seiten
ISBN 978-3-946112-31-0, 15,50 EUR

BRIGITTE TEN BRINK
& GABRIELE HARTMANN
KNOTEN IM KOPF ...
DOPPEL-RENGAY und TAN-RENGA
Softcover, 64 Seiten, Format: 16 x 16,5 cm
ISBN 978-3-946112-10-5, 9,50 EUR

JOCHEN PÖHLERT-SCHULTE
EINES TAGES SCHREIB' ICH
EIN BUCH DARÜBER
Milieu-Studien & Weltsichten
Softcover, 148 Seiten
ISBN 978-3-946112-63-1

SIEGFRIED GROSSE
AUCH SINNE TRÄUMEN
Momente zum Innehalten
LEBENSPRAXIS
Festeinband, 320 Seiten
ISBN 978-3-946112-47-1, 18,00 EUR

SIEGFRIED GROSSE
AUCH SCHRITTE WACHSEN
Reibungen und Reifungen
LEBENSPRAXIS
Festeinband, 320 Seiten
ISBN 978-3-946112-29-7, 18,00 EUR

SIEGFRIED GROSSE
AUCH TRÄUME WANDERN
Begegnungen
LEBENSPRAXIS
Festeinband, 272 Seiten
ISBN 978-3-946112-23-5, 18,00 EUR

HAJO GELLHAUS
MORD IM
TAUNUS ADVENTURE PARK
KRIMINALROMAN
Der zweite Fall von Kommissar Leichtfuß
Softcover, 182 Seiten
ISBN 978-3-946112-30-3, 12,50 EUR
E-Book ISBN 978-3-946112-38-9, 9,49 EUR

HAJO GELLHAUS
MORD AN DER ALTEBURG
KRIMINALROMAN
Der erste Fall von Kommissar Leichtfuß
Softcover, 176 Seiten, 4. Auflage 2018
ISBN 978-3-946112-06-8, 12,90 EUR
E-Book ISBN 978-3-946112-37-2, 9,49 EUR

HAJO GELLHAUS
GOLDFÄNGER
KRIMINALROMAN
Softcover, 176 Seiten
ISBN 978-3-946112-20-4, 12,50 EUR

AUTORENTREFF BAD CAMBERG E.V.
FEDERSPRUNG
EINE HUMORIGE MISCHUNG
Softcover, 242 Seiten
ISBN 978-3-946112-49-5, 10,00 EUR

AUTORENTREFF BAD CAMBERG E.V.
KRIMIS UND ANDERE
SPANNENDE GESCHICHTEN
ERZÄHLUNGEN
Softcover, 218 Seiten
ISBN 978-3-946112-18-1, 10,00 EUR

GERHARD MOHLER (Hg.)
MÄRCHEN UND LEGENDEN
Für Kinder und Erwachsene
Festeinband mit Leseband
112 Seiten in Farbe
ISBN 978-3-946112-50-1, 18,00 EUR

NIELS-JOHANNES GÜNTHER
DIE SCHATZFÄNGER UND DAS HÖHLENABENTEUER
JUGENDROMAN
Mit Illustrationen von Lara Ennigkeit
Softcover mit Klappen
180 Seiten in Farbe
ISBN 978-3-946112-26-6, 18,00 EUR

EMELY ARNHEITER
LÜMPFLAND IN GEFAHR
ERZÄHLUNG
Mit Illustrationen von Denis Mohr
Softcover, 102 Seiten, Format 17 x 17 cm
ISBN 978-3-946112-51-8, 15,00 EUR

BERNHARD SATTLER
LUALMA STRAHLT IN DIE WELT
ERZÄHLUNG
Mit Illustrationen von Denis Mohr
Softcover mit Illustrationen
153 Seiten, Format 17 x 17 cm
ISBN 978-3-946112-22-8, 15,00 EUR

JELISAVETA KOVA
MIT TIERKINDERN AUF ENTDECKUNGSREISE
GESCHICHTEN
Softcover, 50 Seiten, Format 21 x 21 cm
ISBN 978-3-946112-08-2, 11,80 EUR

SCHREIBTISCH. *Literarisches Journal*

Ausgabe 2020
Softcover, 236 Seiten
ISSN 2567-1138
ISBN 978-3-946112-59-4, 12,00 EUR

Ausgabe 2019
Softcover, 224 Seiten
ISSN 2567-1138
ISBN 978-3-946112-44-0, 10,00 EUR

Ausgabe 2018
Softcover, 160 Seiten
ISSN 2567-1138
ISBN 978-3-946112-07-5, 9,00 EUR

Ausgabe 2017
Softcover, 112 Seiten
ISSN 2567-1138
ISBN 978-3-946112-04-4, 8,00 EUR